吾郎とゴロー
研修医純情物語

川 渕 圭 一

幻冬舎文庫

吾郎とゴロー　研修医純情物語

目次

大いなる母の愛へ

不満だらけの研修医

地下鉄を降り、いつものように6番口から地上へ出ると、朝日がまともに目に入った。あまりのまぶしさに、吾郎《ごろう》は一瞬クラッとしたが、やがて「ふうっ」と大きく息を吐き、病院へ通じる坂道をおっくうそうに上りはじめた。

7時を少し回ったばかりなのに、太陽はうんざりするくらいギラギラと照りつけ、さわやかさのかけらもない空気が、むわっと体にからみつく。これぞ不快指数１００パーセントという八月はじめの朝だった。

吾郎は坂の途中で立ち止まると、まだしわの一つもついていないドクターズバッグの中から黄色いタオルを引っぱり出した。そして、したたり落ちる汗をぬぐいながら不機嫌そうにつぶやいた。

「こんなに急な坂を上ったら、病人じゃなくたって、ぐあい悪くなっちまうよな」

じっさい多くの患者は、ハアハア、ゼイゼイと肩で息をし、ドックン、ドックンと心臓を鼓動させ、さも苦しそうに坂道を上ってきた。なかには、病院の正面玄関にたどり着いたとたん、倒れこんでしまう者もいた。

　小高い丘の上に立つ古い病院が、きょうまでなんとか持ちこたえているのは、まさにこの『心臓破りの坂』のおかげであるという説を、真顔でとなえるドクターもいた。すなわち、坂の勾配《こうばい》があまりに急なので、来院するたびに患者は病状を悪化させ、処方される薬の種類と量も増え、ついには入院を余儀なくされる、という仮説である。

　この仮説は結局、学会で発表される機会はなかったが、どっちにしたって患者はたまったもんじゃない。

　ようやく坂を上りつめ、病院の正門前に立った吾郎は、口をとんがらせて言った。

「チッ。何度見ても、しけた門構えだぜ」

　正門をくぐって院内に足をふみ入れるなり、すぐ左手にある食堂から干しシイタケのだし汁のにおいが、ぷーんとただよってきた。

　吾郎は思わず、顔をしかめた。

「おえーっ！　朝っぱらから、胸くそ悪い」

　24歳になっても、あいかわらず味覚がお子さまの吾郎は、シイタケが死ぬほどキライだ。味がまずいだけならともかく、そのジメッとした陰気なにおいをあたりかまわず発散させるところが許せない。シイタケなんてものは、悪臭まき散らしの罪でこの世から永久追放されるべきだ、と吾郎は思う。

　鼻をつまみながら食堂のわきを通りすぎると、吾郎は中央診療棟を抜け、病棟へ通じる中庭をつっきっていった。

　すると、草地にたむろしていたノラネコたちが吾郎のほうを向き、いっせいに「ニャー」と鳴いた。一匹は黒、一匹はトラ模様、もう一匹は白地に灰色のブチが入ったやつだ。ノラネコたちは、ものほしげに吾郎に近づいてきた。

　三匹ともノラのくせに動きがモタッとしていて、胴回りもボテッと太く、まるでしまりがない。三匹かたまって行動するところも気にくわない。ノラネコの風上にも置けないような連中だ。

　なれなれしくまとわりついてくる三匹のネコを、「しっ、しっ」と追いはらうと、吾郎はまたまた文句を言った。

「いったいどこのアホだよ、ノラネコなんかにエサをやって……。ここは病院だってことを、ちょっとは自覚してほしいもんだね。まったく、不潔きわまりない」

　帝都大学医学部付属病院・分院に出勤してきた青山吾郎は、本日もまた、不満たらたらであった。

吾郎はこの春、帝都大学医学部を卒業し、医師免許を取ったばかりの研修医だ。言わずと知れたことだが、帝都大学医学部は日本医学界の最高峰であり、むろんその卒業生ともなれば、だれもがうらやむ超エリート医師である。

自他ともに認めるエリートコースを歩む吾郎が、鼻高々になってしまうのも、むりのない話だろう。

けれども……吾郎の心の中は、不満でいっぱいだった。

——何もかもが理不尽で、納得がいかず、おもしろくない。医者になってから気分が晴れた日は、一日だってありゃしない。

吾郎は全国から集まったよりすぐりの秀才のなかでも、特別に優秀な医学生だった。卒業試験の成績だってまちがいなく、上位五本の指に入っていたはずだ。当然、吾郎は卒業後の研修先として、最先端の医療設備が整い、高名な医師がずらりと名を連ねる、本院の内科を志望した。

それなのに、どうしてよりにもよって自分が分院に配属されてしまったのか、吾郎はどう考えても合点がゆかなかった。

なぜかって？

町外れの丘にぽつんと立つ分院は、本院とは正反対の前近代的な病院で、医療機器も十分にそろっていなければ、建物もすでに老朽化している、どうしようもないおんぼろ病院だからである。

　板張りの廊下はつぎはぎだらけで、歩くたびにミシミシ音をたてる。窓はちょっとした振動にもガタガタ揺れ、すきま風が入りまくりだ。このあいだなんか、こともあろうに無菌室で、吾郎は見てはならないものを見てしまった。

　——吾郎と対面したそのゴキブリは、少しもあわてることなく長い触角をゆらめかせ、無菌室の壁で胴体を黒光りさせていた……。

　おんぼろなのは、建物だけではない。分院で働く医者たちはどうひいき目にみても、出世街道からはずれた窓ぎわドクターばかりだ。

　研修医には口うるさく、細かいことまでグチグチ言ってくるくせに、病院の体制改善や新しい治療法の導入に関しては「まあ、このままでいいんじゃない？」といった事なかれ主義で、向上心や野心なんてものはひとかけらも持ち合わせちゃいない。

　いまの世の中でこんなのんびりした雰囲気の病院は貴重だ、という意見もあるが、最新の医療技術を一日も早く身につけたいと願っている吾郎にとっては、そんなゆるりとした空気がもの足りなくてしょうがないのだ。

　ただ一つ、創立百年という伝統だけが、分院のご自慢である。

なるほど、分院はレトロなムードを全面にただよわせ、医者も患者も院内に一歩足をふみ入れたとたん、昭和のよき時代にタイムスリップしたかのような、なつかしい気分にひたるのであった。

しかし……その長い歴史にも、あとわずかで幕が下ろされようとしている。

そう、この病院は三年後に閉鎖されることが決まっている。だから、いまさら新しい医療機器やコンピューターシステムを導入することもできず、おんぼろ病院のままその歴史を閉じようとしているのだ。

付近の住民は、昔からなじみの深いこの病院を、地域医療のためにも閉鎖しないでほしい、と願っているらしい。そして「分院を存続させる会」なるものを結成し、署名を集め、大学側に嘆願書を提出するという話だ。

しかし、そんなものは所詮《しょせん》、受け入れられるはずがない。時代の流れには逆らえないのだ。それどころか、三年といわず一日も早く閉鎖して、記念博物館にでもしてしまえばいい、と吾郎は本気で考えている。

——こんな前近代的な病院で働いていたら、おれは最先端の医療からとり残されちゃうんじゃないか？

そう考えると、吾郎は不安で矢も盾《たて》もたまらず、いますぐにでも分院をとび出したくなるのである。

分院・内科病棟に出勤してきた吾郎は、仏頂面のまま白衣をまとうと、さっそく仕事にとりかかった。

まずは、朝食前の採血である。吾郎は担当患者のベッドを次から次へと回り、手際よくチャチャッと、患者の腕の静脈から血液を採取していった。いつもぶつぶつ文句を言っているけど、仕事は速くて正確だ。

七人分の採血をすませ、ナースステーションに戻った吾郎は、これまた要領よくパパッと、朝のカンファレンスの準備を進めていった。

ふと背後に人の気配を感じ、吾郎はふり返った。

えんりょ深げに吾郎のうしろに立っていたのは、哲也《てつや》だった。研修医仲間の一人の哲也は、とにかく気が弱い男で、何かというと吾郎に助けを求めてくる。

「どうかした?」

吾郎がそっけない調子でたずねると、哲也はおずおずと切りだした。

「あのー、悪いんだけど……」

見ると哲也は、採血の道具一式をのせたトレイを手にしたままだ。吾郎は、やれやれという顔をして言った。

「なんだ、また失敗したのか？」

「三人目までは順調にいったんだけど、北さんの採血に一回失敗したら、ジロッとにらまれて……。そしたらもう、手がふるえちゃって」

「医者になって三か月もたつっていうのに、情けねえなあ。自信を持って、ブスッと針を刺すんだ。そうすれば採血なんて、そうそう失敗するもんじゃない」

「でもさ、北さんって、もとヤクザだった人だよ」

「それがどうした？」

「吾郎は北さんが、こわくないのかい？」

「ヤクザだろうがなんだろうが、ぼくらはもう立派な医者なんだ。患者に甘い顔を見せちゃいけない。ほら、もう一度チャレンジしてこいよ」

「そう言わずに、たのむよ」

すがるような目をして、哲也は言った。

「しょーがねえなあ。きょうだけだぞ」

吾郎はしぶしぶ哲也と二人で、北さんのベッドへ向かった。

北さんをなだめすかし採血を終え、ふたたびナースステーションへ戻ってくると、今度はのり子が、採血バンドをぐるぐる回しながら現れた。

「吾郎、哲也、おっはよー！　ねえ、聞いて、聞いて。あたしったらさあ、また林さんの採血、三回も失敗しちゃったあ」

頭のてっぺんから出てくるようなのり子の声に、吾郎は思わず耳をふさいだ。

のり子は分院内科で紅一点の研修医だが、そのカン高い声以外に女性を感じさせるものは、何一つない。

自分では当たり前と思っているらしいが、のり子はおそろしくハイテンションで、ひときもじっとしていられないたちだ。そのキンキン声と、せかせかした足音を、常に病棟じゅうに響かせ、騒々しいことこの上ない。患者から「お願いだから、あの女をだまらせろ！」と、苦情が出たこともある。

「でもさあ、林さんったらいつも笑って許してくれるの。いい患者さんよねえ、アーハッ、ハッ！」

――三度も患者に痛い思いをさせて、なにが「アーハッ、ハッ！」だ。こんなノー天気な医者、見たことない。

カンファレンスが始まる五分前になって、ようやく皆川さんが登場した。

「いやー、まいった、まいった」

「どうしました？」

　哲也がきくと、皆川さんは後頭部をかきながら言った。

「きょうはめずらしく採血がうまくいったのに、前田さんの長話につきあわされてねえー。結局、こんな時間になっちゃったよ」

皆川さんは、やはり同期の研修医だが、脱サラをして医学部に入りなおしたという人なので、医師一年目にしてすでに37歳だ。

鼻歌をうたいながら、のんびりと採血の後片づけを始めた皆川さんだが、ほかの三人が、カンファレンスの準備をしているのに気づき、ようやくあわてだした。

「あっ、いけね！　きょうはモーニングカンファレンスがある日だっけ？　悪いけどみんな、先にプレゼンしててくれよ。そのあいだに準備するから」

――あーあ。皆川さん、ズレズレだよ。そんなに要領が悪かったら、会社でも出世できるわけないわな。

何歳で医者になろうが個人の勝手だが、皆川さんの行動は彼の生き方同様、超スローモーだ。他のメンバーと比べると、常にツーテンポかスリーテンポ、おくれている。見ているこっちのほうが、じれったくてしようがない。

哲也、のり子、皆川さん、そして吾郎——今春、分院・内科病棟に配属された研修医は、この四人組であった。個性的といえば個性的だが、吾郎以外の三人はみなどこかしら、天然ボケが入っている。

そんな同僚たちにライバル心を燃やすまでもなく、吾郎は肩透かしをくらったような気分であった。

——いったい、なんなんだ？

吾郎はため息をつき、自問した。

——なんだって、そろいもそろって無能なやつばかり集まっちまったんだ？　こんな連中といっしょにいたら、そのうち脳みそにカビが生えちまうぜ！

気まずいデート

新米の医者っていうのは、けっこう大変だ。休みの日も必ず病院にやってきて、患者の診療に当たらなくちゃいけない。

でもそのことに関しては、吾郎は文句を言うつもりはなかった。医者を目指した以上、忙しいのは覚悟の上だし、若い吾郎は体力がありあまっていたから。

その日、いつもの日曜日よりちょっと早く、朝の8時に出勤してきた吾郎は、ナースステーションと研修医部屋をせわしなく行き来し、昼までに患者の診療をすませた。

すべてにぬかりがないことを確認すると、吾郎は白衣を脱いだ。

「お先」

吾郎が席を立つと、となりで薬の処方せんを書いていた哲也が、うらやましそうに言った。

「もう帰るのかい?」

「きょうは日曜日だぜ。だらだら仕事してないで、哲也もたまには気分転換してこいよ」

「そんなこと言ったたって、まだまだ終わりそうにないよ。ところで吾郎、これからどこへ行くの？」

「決まってるじゃない。デート、デート！　あたし、知ってるんだ。吾郎にはラブラブの彼女、いるんだよねー」

吾郎が答えるかわりに、のり子がキンキン声で騒ぎたてた。

――大きなお世話だ。まったく、うっとうしい女だな。

「いやー、いいなあ。ぼくもたまには、デートでもしたいですねえ」

今度はカルテを書いていた皆川さんが、顔を上げて言った。

――なにを言っているんだ。あんたは二人の子持ちだろうが。

「デートなんかじゃないって。パソコンを買い替えたいから、ちょっと秋葉原まで行ってくるよ。じゃ、またあした」

ポーカーフェイスで部屋から出てゆく吾郎を、三人の研修医はニヤニヤしながら見送った。

病院の正門をくぐりながら、吾郎は苦笑いした。

――まったくあの女ときたら、どうしようもなくノー天気なくせに、勘だけは人一倍するどいんだから……。

のり子の指摘は図星だった。吾郎はきょう、デートの約束をしていたのだ。

吾郎には、学生時代からつきあっている洋子という恋人がいた。洋子のほうが一つ年下だが、昨年大学の文学部を卒業した彼女は、吾郎よりひと足先に社会人となり、出版社で雑誌の編集にたずさわっている。

吾郎は毎日、昼も夜もなく病院にしばられ、洋子は洋子で、しじゅう原稿の締め切りに追われ、互いになかなか時間がとれない。だからこのところ二人のデートは、せいぜい月に一度だった。

分院からほど近いホテルのロビーで、いつも二人は待ち合わせした。日曜日といえども、いつなんどき患者の容体が急変して病院に呼び戻されるかわからないから、新米ドクターは遠出できないのである。

いったん坂を下って大通りを渡り、ふたたび坂道を上ってゆくと、木々の緑の向こうにベージュのシックな建物が見えてきた。ひたいからふき出る汗をぬぐいながら、吾郎はホテルのエントランスを通りぬけた。

歩いて十分もないところにあるのに、美しい庭園に囲まれたこのホテルは、分院とは別世界である。同じ百年の歴史があるといっても、庶民的でせせこましい分院とは正反対で、広々としていて清潔で、雰囲気もあくまでエレガントだ。もちろん、干しシイタケのにおいはしないし、ノラネコだって一匹も見あたらない。

ここへやってくるたびに、吾郎はようやく自分は医師になったのだと実感し、上流階級の一員として迎えられたような、リッチな気分にひたる。そして、前途洋々たるわが将来を思い描き、ひとりほくそ笑むのである。

フロント近くのソファーに腰かけた、ちょびヒゲを生やした中年男が、ポケットから懐中時計を取り出した。このくそ暑いさなか、ダブルのスーツを着てめかしこんでいる。

——おっと、助教授じゃないか。

とっさに吾郎は、柱の陰に身を隠した。

——帝都大学医学部の助教授たるもの、どんな有閑マダムとあいびきしているかわかったものではない。そんな現場を目撃してしまったら、お互い気まずいだけだ。ここは素知らぬふりをしているのが、思いやりというものだろう。

吾郎はヘンなふうに気を回し、自分も大人になったもんだと、満足そうにうなずくのであった。

12時5分前に、洋子は現れた。

「おそかったね」

「ごめん。私もついさっきまで、会社で仕事をしていたの」

洋子はミントグリーンのカットソーに、ジーンズというスタイルだった。もっとおしゃれをしてくるものと期待していた吾郎は、ちょっとがっかりした。

それでも口もとが、しぜんとゆるんできた。洋子のさわやかな笑顔を見るたびに、吾郎は幸せな気分になるのである。

「へえー、日曜日まで出勤か。編集者さんも医者に負けず劣らず、忙しいようだね」

しばらくぶりに会えてうれしいくせに、いざ洋子を前にすると、吾郎は決まって皮肉っぽい言葉を口にしてしまう。

「なんかトゲのある言い方ね。大変なのは、お医者さんだけじゃないのよ」

「まあ、人の命をあずかってるわけじゃないから、お気楽だろうけど」

「そんなことないわよ。いつも締め切りを抱えているストレスってけっこうなものだし、会社での人間関係にも、いろいろと気をつかうんだから」

「わかった、わかった。もうお茶をしている時間はないから、すぐ食事にしよう。予約してあるんだ」

吾郎は助教授に姿を見られぬよう十分に気づかいながら、洋子と二人でホテル内のレストランへ向かった。

フレンチレストランは、申し分のない雰囲気だった。

　二人が案内された窓ぎわの席からは美しい日本庭園をのぞめ、その向こうに目をやると、青い空をバックに白いチャペルが見えた。休日のデートにこれ以上ふさわしい場所は、そうはないだろう。

　やっぱり予約をとっておいてよかった、と吾郎は思った。あとは、助教授がとなりの席にやってこないことを祈るだけだ。

　シャンパンでひさしぶりの乾杯をすると、吾郎はさっそく用件を切りだした。

「ところで、来週の旅行の件だけど……」

　研修医になってから三か月というもの、一日も休まず病院で働きつづけた吾郎だが、ようやく来週、待ちに待った五日間の夏休みがもらえるのだ。

　もちろん吾郎はこの貴重な夏休みを、洋子と二人で過ごしたいと思っていた。だから、彼女に休みを合わせてもらうよう、ずっと前からたのんであったのだ。

　でも、なんでだろう？　吾郎が旅行の計画を話しだすと、洋子はうつむいてしまった。

「どうかした？」

　吾郎がたずねると、洋子はようやく顔を上げた。

「怒らないでね……。私、休みをとれなくなっちゃった」

「えっ、なんだって？」

シャンパングラスを手にしたまま、吾郎は固まった。

「金曜日の会議でね、秋に女性向けの情報誌を創刊することが決まったの。だから私たちのチームは、夏休み返上で準備をしなきゃならないんだ」

「そんなバカな！　電車もホテルも、ひと月前から予約済みなんだぞ」

思わず吾郎は、声を荒らげた。

「いまだったら、まだキャンセルできるでしょう？」

「どうしても、休めないって言うのか？」

「しかたがないのよ、わかってちょうだい。夏休みは、十月までおあずけなの」

「十月なんて、夏休みじゃない！」

シャンパンをぐいっと飲みほし、吾郎はだまりこくってしまった。

助教授が若い女性と連れ立って、レストランに入ってきた。女性に向かって何やらささやきながらこちらへ歩いてきた助教授は、吾郎たちを見つけると、あわてて向こう側の席へ移動していった。

でも、吾郎はもう目の前が真っ暗で、助教授はおろか、洋子の顔さえ見えていなかった。

あまりのショックに、食欲すらなくなった。

有機野菜とオマール海老のテリーヌ、かぼちゃの冷たいポタージュ、ヒレ肉のパイ包み焼き……。次々と運ばれてくる料理を、二人はほとんど無言で食べた。ときおり洋子が話しかけたが、吾郎は空《から》返事をくり返すばかりだった。

デザートとコーヒーになって、吾郎はようやく気をとりなおし、口を開いた。

「研修医になってからというもの、ぼくはほんとうについてない」

話のとっかかりができて、洋子はホッとした。

「きょうのことは、あやまるわ。だけど、どうしてあなたがついてないの？」

「考えてもみろよ。そもそもなんでこのぼくが、あんなおんぼろ病院に配属されちゃったんだ？」

「分院のこと？　たしかに古いけど、なかなかいい感じの病院じゃない」

洋子の言葉を、吾郎ははねつけた。

「入院したこともないくせに、内部事情がわかるのか？　とにかくあんな病院にいたら、現代医療からとり残されちゃうね」

「私はそうは思わないな。落ちついた雰囲気だし、患者さんともゆっくり話ができるでしょう？」

「いくら患者と話したって、医学の勉強にはならないさ。おまけに同期の仲間たちときたら、ホントにもう、天然ボケもいいとこでね」

「あら、あなたの話を聞いているかぎり、みんなユニークで、いい人たちみたいだけど」

「人がいいだけじゃあ、医者は勤まらないよ。あんな向上心のないやつらといっしょにいたら、こっちまで頭がボケちまう」

次々と不満をぶちまける吾郎に、洋子は「ふう」とため息をついた。そして、ラズベリーのソルベをスプーンですくいながら、こう言った。

「ねえ、もうちょっといいように解釈できないの？　たとえば分院は、現代の大病院みたいに殺伐とした雰囲気じゃなくて、人をやさしい気持ちにさせてくれる」

「ああ。ノラネコにも、とってもやさしい」

「ちょっと、まじめに聞いてよ」

「大まじめだよ」

「それにあの建物……レトロな感じで、すごく風情があるじゃない」

「まったくね。幽霊が出てきそうなくらい、趣があるよ」

ああ言えばこう言う吾郎に、さすがの洋子も堪忍袋の緒が切れた。

「もういいわ！　あなたって、人の言葉にちっとも耳を傾けようとしないのね」

「耳なんか傾けなくても、たいていのことはわかっている」

「そうよ、あなたは幽霊にでも出会わないかぎり、心を変えようとしないんだわ。『クリスマス・キャロル』のスクルージみたいにね」

「クリスマス・キャロル？　ああ、思い出した。たしか、そのシクジールとかなんとかいう頑固じいさんが幽霊に出会って、心を入れかえるっていう話だろう？　やめてくれ。じいさんならともかく、ぼくはまだ24歳だよ。野心に満ちあふれているんだから」

「じゃあきくけど、あなたの野心ってなに？」

「もちろん、一流の医者になることだ」

「その一流の医者になるために、あなたはこれからどうするつもり？」

「とにかく、一日でも早くあのおんぼろ病院を脱出して、もっとまともな病院で研修する。そして、来年の夏にはアメリカの大学院へ進学して、遺伝子治療を専攻する予定だ」

「アメリカへ渡るの？」

「三年間、みっちり勉強してくるよ。日本に戻ったら、一流病院で働きながら研究を続け、すぐれた論文を次々と発表する。そしてゆくゆくは、大学病院のトップに立つんだ」

「ずいぶん先のプランまで、できているのね」

「しっかりと、自分の考えを持っているからね。将来のビジョンがないやつに、人生設計なんてできっこないだろう？　ぼくは、安全で有効な遺伝子治療を確立して、その道の権威になるつもりだ」

「遺伝子治療もいいけれど、医者になりたてのあなたには、もっと大切なことがあると思うけどな。たとえば、患者さんの話をよく聞くこととか」

「患者とかかわっているだけじゃあ、医療はいっこうに進歩しないよ。でも、新しい治療法が確立されれば、世界中で苦しんでいる患者を一挙に救えるかもしれない……。そのためには、寸暇を惜しんで勉強しなくちゃ。それが、ぼくに与えられた使命なんだ」

「使命か……」

コーヒーをすすりながら、洋子はふと、吾郎と出会った日のことを思い出した。

「決まってるじゃないか。ぼくは、一人でも多くの命を救うため、医者を目指してるんだ」

大学生になりたての洋子はその日、テニスサークルの先輩に誘われるまま、新入部員歓迎会に参加した。リラックスした雰囲気のなか、となりのテーブルから「おまえ、なんで医者になろうと思ったの？」という質問が聞こえてきたと思ったら、間髪をいれず大きな声で、答えが返ってきたのだ。

あまりにストレートで、聞いているこっちのほうが気恥ずかしくなるようなその返答に、洋子は思わず「えっ」と、声の主へ顔を向けた。

「わっ、くさっ！」

「なにゆうとるん？　金と名誉のために、決まっとるやんか」

「カッコつけんなよ、吾郎。かわいい女子部員が入ったからって」

吾郎と呼ばれた医学部の先輩は、とたんにブーイングの嵐《あらし》に包まれた。

「ちがう！　ぼくはただ純粋に、人の命を救いたいんだ」

臆面《おくめん》もなく同じ答えをくり返すと、吾郎先輩は大まじめに医療の現実とあるべき姿を語りはじめた。

しかし、まわりの部員たちはみな興ざめ顔で、彼の言葉に耳を傾ける者はだれ一人いない。たしかに彼の発言で、宴会の席はしらけきってしまったし、小学生でももうちょっと気のきいた答えをしていただろう。

けれども洋子には、そんなことはどうでもよかった。

なぜなら、彼女は見たからだ。自分の理想を熱く語りつづける吾郎の瞳《ひとみ》が、少年のようにキラキラと輝いているのを――それは、ほかのどんな人の目にも宿らない、ピュアな輝きだった。

独演を終えた吾郎は、ひとりオールドのボトルを傾け、水割りを作った。洋子は自分のグラスを持って席を立つと、吾郎のとなりに腰かけた。

もちろんいまも、吾郎の目は輝いている。一人でも多くの命を救いたいという気持ちも、同じだろう。でも、あの日の吾郎と、いま目の前にいる吾郎とでは、明らかに何かがちがう。目の輝きもキラキラではなく、どちらかといえばギラギラって感じだ。

この五年のあいだに吾郎の中で、何が変わってしまったのだろう……。


「話せばきりがないから、きょうはこのへんでやめとこう」

吾郎の言葉に、洋子は顔を上げた。

「そうね。あまり専門的な話をされても、私にはわからないもの」

「それより、クリスマスは絶対に空けておいてくれよ」

「わかったわ、未来の教授さん」

洋子はコーヒーカップを置くと、にこっと笑って小指をさしだした。

吾郎はようやく満足そうな顔をして、洋子と指切りした。でも、洋子の笑顔はどこかさみしそうだった。

ほんとうは、吾郎に遺伝子治療の権威になってほしいなんて、洋子はちっとも望んでいなかったから……。

教授回診前夜

「教授回診なんて、患者にとってなんの意味もない」

　ホテルの最上階にあるラウンジに席を移すなり、吾郎はそう断言した。

「どうして意味がないなんて、決めつけるの？　教授が患者さんを診て回るのは、大切なことじゃないかしら」

　吾郎をたしなめるように、洋子は言った。

「あのねえ、知ってる？　教授は回診のときしか、病棟に顔を見せないんだよ」

「えっ？　教授って、週に一度しか患者さんを診ないの？」

「少なくともうちの教授はね。そんな状況で、五十人近い患者を把握できると思う？」

「むりでしょうね。だけど、患者さんの病状をわかってなくて、回診なんかできるの？」

「ぼくら研修医が毎度、教授のために情報を提供しているからね。回診がある日の午前中、病院じゅうの内科医が勢ぞろいして、三時間以上かけて会議をするんだ」

「私たちの会社の会議もいいかげん長いけど、さすがに三時間は続かないな」

「その会議でぼくたちは、教授や先輩ドクターたちを前にして、入院患者の病状をプレゼンテーションする。一人ひとりの患者について、頭のてっぺんから足のつめの先まで事細かく、念入りにね」

「ずいぶんと、ごていねいね」

「おまけに午後の回診では、ぼくたちは教授に寄りそい、患者のベッドサイドで情報を提供するんだ」

「へえー」

「もうわかっただろう？　教授回診は、患者のためにやってるんじゃない。教授の権威を保つためにやってるんだ」

「そんなの、おかしいわ」

洋子が憤慨して言った。

「だから言っただろう。教授回診なんて、なんの意味もないって」

「意味もないことを毎週くり返して、むなしくならないの？」

「いや、そんなことはないよ。それどころか回診がある火曜日を、ぼくは楽しみにしているくらいだ」

「どうしてよ」

「患者にとって意味がなくても、ぼくにとっては意味がある日だからさ」

「あなたの言ってること、矛盾してない？　私にはちっとも、理解できないわ」

「教授回診そのものは、たんなる儀式にすぎない。重要なのは、じつは午前中に行われる会議なんだ」

「回診より、会議が重要なの？」

「そう。回診前の会議はぼくにとって、戦いの場だ」

「たたかい？」

　なんのことやらさっぱりわからない、という顔をしている洋子に、吾郎は身を乗りだして説明しはじめた。

「いいかい、ぼくたちは病院じゅうの内科医が顔を並べている前で、プレゼンテーションをするんだよ。患者の情報にちょっとでも不備があったり、内容に矛盾があったりすると、先輩たちに質問攻めにされて、そりゃあもう大変だ」

「たいそうなプレッシャーね」

「でも、そこでひるんじゃいけない。何をきかれてもちゃんと答えられるよう、しっかり理論武装していかなくちゃ」

「ふーん……。だけど患者さんの病状って、理論だけで説明がつくの？」

「医学は科学だよ。こうるさい教授や先輩たちをだまらせるには、きめ細かいデータ分析と、患者の症状を裏づける文献検索がとても重要なんだ。そういうのをきちんと提示できれば、彼らはたいてい納得する」

「なんだか、ずいぶん理屈っぽい会議みたいね」

洋子は肩をすくめた。

「回診前のプレゼンは、ぼくにとって勝負なんだ。教授連中を納得させられれば、ぼくの勝ち。先輩たちの質問に答えられなかったら、ぼくの負け。そのためにしっかり準備するのは、ちっとも苦じゃない。むしろ、わくわくするくらいだよ」

「プレゼンが勝負なの？」

「そう。毎週火曜は勝負の日さ。いまのところ、ぼくは一度も負けてないけどね」

鼻の穴をふくらませ得意げに語る吾郎に、洋子は言った。

「たまには負けるのも、悪くないと思うけど……」

「そんな考えは甘いね。たとえ一度でも負ければクセになるし、負ければ負けるだけ、教授の心証を悪くする。将来のことを考えれば、失敗は許されないんだ」

洋子はもう一度ため息をつくと、腕時計に目をやった。

「教授回診はあさってでしょう？　そろそろ準備を始めたほうが、いいんじゃない？」

「大丈夫。ほかのやつらとちがって、ぼくは毎日着実に準備を進めているからね。それより、これから軽く飲みにいかないか？　まあ、ぼくの夏休みを台なしにしてくれたんだから、いやとは言わせないけど」

「いいわ。でももう、ムズカシイ話は抜きね。あしたから私も、めちゃくちゃ忙しいから、きょうくらい頭をからっぽにしたいんだ」

「わかった。じゃあ、クリスマスの計画でも立てようか」

「まだお盆前だっていうのに、ほんとうに気が早い人ね」

二人はホテルを出ると、地下鉄に乗り、夕方の銀座へくり出した。


月曜の夜、患者の診療と夕方のカンファレンスを終えた哲也とのり子、そして吾郎の三人は、研修医部屋にこもり、明日の準備にとりかかった。

毎夜おそくまで働いている彼らだが、とりわけ教授回診前夜はみな、オールナイトだ。哲也も、のり子も、皆川さんも、とにかく明日プレゼンする患者の病歴要約を作るのに、精いっぱいだ。一番ドリが鳴き、夜が明け、すっかり明るくなってから、よれよれに疲れきった三人組は、ようやくレジュメを完成させる。

毎度、毎度、朝の8時過ぎにすべり込みセーフじゃ、危なっかしくて見ちゃいられないよ、と吾郎は思う。

同じオールナイトでも、吾郎はほかの三人とはレベルがちがう。患者の病歴要約など、前日までにほぼ完成させてしまっている。

教授回診前夜、吾郎は自分が作った病歴要約をくまなくチェックし、患者の検査データを分析し、問題点があれば文献を検索する。そして、教授や先輩たちから浴びせられるだろう質問をありとあらゆる角度から検討し、夜が明けるまでじっくり対策を練るのだ。そう、明日もしっかり勝ち抜くために。

それにしても、三人の研修医はことごとく情けない。

哲也は「あれもやっていないのか」、「これもまだか」と、指導医にしかられっぱなしで、「スンマセン」、「スンマセン」とくり返すばかりだ。あまりの優柔不断さに、見ているこっちのほうがイラついてくる。

指導医も指導医だ。毎日病棟に来て哲也の面倒をみていれば、こんなことになりはしないのに……。部下のプレゼンの体裁をつくろうため、月曜の夜だけ文句を言いにやってくるなんて、無責任きわまりない。

でも、哲也はまだいい。指導医が文句を言うだけ言って帰ってしまえば、あとはひとりおとなしく、パソコンに向かっているだけだから。

最悪なのは、のり子だ。彼女の騒々しさときたら、ほとんど公害である。だれも聞いちゃいないのに、のり子は自分の仕事のはかどりぐあいを逐一、実況中継する。例によって、あの耳ざわりなキンキン声で。しかも、そのアナウンサー気取りのしゃべり方が、ウザイったらありゃしない。

「異常事態、発生、発生。わたくしのり子としたことが、データをとりちがえて入力しておりました。でもみなさま、ご心配なく。患者さんの名前を入れかえればいいだけですから。はい、ポン！　これにてお二人さま、無事終了でございまーす。おー、ほっほっ！」

――わかった、わかった。お願いだから、だまって仕事してくれ。

近所の弁当屋が店屋物を届けにくると、真っ先にかけ出してゆくのも、のり子だ。

「さあ、ディナー、ディナー！　あたしはオムライスだからね。まちがえんじゃないよ、哲也！」

――落ちつけ！　おまえのオムライスなんか、だれもとったりしないぜ。

9時過ぎになって、ようやく皆川さんが研修医部屋に戻ってきた。

「いやはや。やっと患者さんが、新しい治療を納得してくれたよ」

そう言うと皆川さんは、吾郎の向かい側の席にくずれるように腰かけた。頭はボサボサ、目の下にはクマができていて、すでに疲れきっているようすである。

──あしたの準備を何もしてないくせに、こんな時間まで患者と話してる場合じゃないだろうが。あきれるくらいマイペースだね、このおっさんは。

皆川さんはパソコンのキーボードを、右手の人差し指一本でしか打てない。しかも、パソコンの扱い方自体がわかっていないから、三十分に一回は頭をかきながら、吾郎に助けを求めにくる。

「またフリーズしちゃったよ。まったくパソコンってのは、頭が悪いねえ」

──頭が悪いのは、あんただろう。

皆川さんは二十代のころサラリーマンだったという話だが、いったい会社で何をやっていたのだろう、と吾郎はいつも不思議に思う。

文書作成にだれよりも時間がかかるくせに、仕事にとりかかるのはだれよりもおそいのが皆川さんである。当然、朝までにレジュメが仕上がるはずがない。

「ホントにもう、まいるよな……」

と、ぶつぶつこぼしながら、指導医が（皆川さんより若い！）キーボードをたたく姿は、火曜の朝のお決まりの光景である。

日付が変わり、八月十日、火曜日となった。このころになると、四人の研修医の疲労度もぐっと増してくる。

哲也は目がとろんとし、のり子の口数もめっきり減った。皆川のおっさんは、右手の人差し指をキーボードに置いたまま、こっくりこっくりしはじめた。

——ちょっくら、患者のようすでもみてくるか。

吾郎は、皆川さんを起こさないよう静かに席を立ち、病棟へ向かった。

ミシミシいう板張りの廊下を、吾郎はなるべく音をたてないように歩いていった。

いちおう廊下に明かりはともっているものの、ひっそりと静まりかえった深夜の分院は、かなり不気味だ。

幸か不幸か、霊感のない吾郎はお目にかかったことはないが、じっさいこの病院では、幽霊が出没するといううわさが絶えないのである。

これは、あるナースの話だが……。

ある夜、深夜勤務だったナースは、午前0時前に病院へやってきた。いつものように裏口から病棟に入っていった彼女は、ふと人の気配を感じ、喫煙室に目をやった。

そこには患者のFさんがひとり、うまそうにタバコをふかしていた。目が合うと、Fさんはにっこりと笑い、自分に向かって会釈をしたという。

会釈を返しながら、彼女は思った。つい三日前まで重症患者部屋にいたはずなのに、Fさんずいぶん元気になったな、と。

さて、ナースステーションに上がってくると、彼女はまず入院患者の名を記したボードを確認した。しかしやがて、首をかしげてつぶやいた。

「変だわ……。Fさんの名前がない」

すると、準夜勤の先輩ナースが彼女に話しかけてきた。

「あなた、ここ二日間お休みだったわね」

「ええ、そうですけど……。いま喫煙室で、Fさんに会いました。たった二日間で、ずいぶん元気になりましたね」

「なにを言っているの、あなた？」

けげんな顔をして、先輩は言った。

「なにをって……」

「Fさんは昨夜、亡くなったのよ」

ナースはがく然とし、背筋が凍りつくような思いをした。

また小児病棟では、女の子の幽霊が複数のスタッフに目撃されている。うれしそうに背中に赤いランドセルをしょった女の子は、スタッフが話しかけようとすると、フッと姿を消してしまうという。

その女の子は十五年前、小学校への入学を目前に控えた春浅い日に医療ミスで亡くなった、というのがもっぱらのうわさである。

しかし、そんなうわさを耳にしても、吾郎はまったく動じなかった。彼は科学の力で証明できないものは、いっさい信じない主義だったから。


二階のナースステーションは落ちついた雰囲気で、夜勤のナース二名がゆったり仕事をしていた。二人は吾郎をチラッと見ただけで、何も話しかけてこなかった。

吾郎はステーションのいすに腰かけ、担当患者の体温や血圧を記録した表を、一枚一枚、チェックしていった。

——患者の容体に、とくに変わりはないようだ。さてと、トイレに寄ってから部屋に戻るとするか。

吾郎は木製の手すりに無数の傷がついた階段をゆっくり下りてゆき、男子トイレの電気をつけた。中に入って小便器の前に立つと、開けっぱなしの窓から、なまあたたかい風が入ってきた。

トイレは二階にもあるのだが、いかんせん小便器が二つしかない狭いトイレである。つくりも昔風だから、二つの便器のあいだには仕切りらしい仕切りもない。

そんなトイレで、同僚や患者ととなり合わせになってしまったら、なんとなく気まずいものである。だから吾郎は小便のたびに、わざわざ一階のトイレまで下りてゆく。

吾郎は用を足すと、「ふわーっ」と大きなあくびをし、眠い目をこすりながら部屋に戻ろうとした。

その刹那《せつな》、吾郎は足を止めた。いや、止められたと言ったほうがいいかもしれない。明らかに、それは吾郎の意志ではなかったからだ。だれかが背後から、白衣のえり元をつかんだような気がしたのだ。

吾郎はハッとしてふり返ったが、もちろんそこには、だれもいなかった。

——気のせいか……。おれもそうとう疲れているな。ちょっと中庭に出て、新鮮な空気でも吸ってくるか。

吾郎は職員専用のうす暗い通路を歩いてゆき、中庭へ出る小さな扉を開けた。

ゆーれい！だって？？

午前0時半の中庭は、しーんと静まりかえっていた。

吾郎は大きな伸びを一つすると、パソコン画面の見すぎと文献の読みすぎでこり固まった首と肩を、ぐるぐる回した。

真夏とはいえ、深夜の外気はなかなか心地よかった。なによりも、狭いスペースに仲間たちがひしめき合い、ほとんど酸欠状態の研修医部屋とちがって、いまこの中庭には自分以外だれ一人いないのだ。

「いやー、せいせいするね！」

と、もう一度伸びをしたとたん、「ニャー」という例の鳴き声が聞こえ、吾郎は大いに気分を害された。

黒、トラ、ブチ……三匹のノラネコが次々と、暗やみから姿を現した。いつもつるんで行動しているさまは、出来の悪い三人の研修医たちにそっくりである。

「しっ、しっ。あっちへ行きな。エサなんか持ってないぞ。おれは哲也や皆川さんみたいに、やさしくないからな」

ノラネコたちを甘やかしてエサを与え、中庭に居つかせてしまったのは、哲也と皆川さんにちがいない、と吾郎はふんでいた。二人とも仕事はできないくせに、変にやさしいところがあるからだ。

「やさしくて腕が立たない医者ほど、こわいものはない」と、だれかが言っていた。吾郎もまったく同感である。

まとわりつく三匹のノラネコを追いはらうと、吾郎は庭の中央にあるフェニックスの木へ向かって歩きはじめた。

いくら町外れとはいえ、ここはれっきとした東京二十三区内である。どうして東京のど真ん中に、こんなヤシ科の木が一本だけぽつん、と植えられているのだろう？

聞いた話によるとその昔、分院の外科で手術を受けて無事退院した八丈島の患者さんが、お礼にとフェニックスの苗木を島から持ってきて、中庭に植えたのだという。

いまやすっかり大きくなったフェニックスの木は、二階建ての病院の屋根をはるかに越え、パイナップルのお化けみたいな幹のてっぺんから、鳥の羽根のように裂けた巨大な葉を放射状に何枚も垂らしている。

古色蒼然《こしょくそうぜん》たる分院の中庭に、南国情緒ただようヤシ科の木が植えられているさまは、はっきり言ってとても奇妙である。

けれども吾郎は、このなんともミスマッチな風景が大のお気に入りであった。まわりとの調和など知ったことかと、他の植物を圧倒するかのように成長しつづけ、いまでは病院を見下ろすようにそびえ立つフェニックスの木——その傍若無人《ぼうじゃくぶじん》なまでの存在感、その圧倒的な生命力が、吾郎の心をひきつけるのだ。

——自分もいつか、このフェニックスの木のように圧倒的な存在感を持つ男に成長し、世の中に多大な影響を与えるドクターになってやろう。

中庭にやってくるたびに、吾郎はそう心に誓うのだった。

吾郎はフェニックスの木に寄りかかり、しばらくのあいだぼんやりと、内科病棟にともる明かりをながめていた。三匹のノラネコはまだあきらめず、吾郎のまわりでニャーニャー鳴いている。


ふと腕時計を見ると、すでに1時になっていた。

——さて、そろそろ戻るか。三人組、少しははかどったかな？　それとも三人そろって、仲よく居眠りしちまったかな？

吾郎はフェニックスの木を離れ、病棟へ向かって歩きだそうとした。

と、そのとき――吾郎の背中になまあたたかい風が、ひゅっと吹きつけた。

ノラネコたちが、「ニャー!」とも「ギャー!」ともつかないするどい鳴き声をあげ、われ先に逃げだした。それも、いままで見たこともないような俊敏さで……。

三匹はちりぢりになって、あっという間に姿をくらました。

暗やみにひとりとり残され、さすがの吾郎も恐怖心を覚えた。足がすくんでしまって、その場から一歩も動けない。

――いったい、なにが起きたのだろう?

たしかに吾郎は、何かの気配を感じていた。なにものかが、自分の背後にひそんでいるにちがいない。そしていま、この暗やみと静寂のなかに存在するのは、自分となにものかだけなのだ。

吾郎はブルッ、と身ぶるいした。

――ひょっとして、ひょっとすると……。

言葉では説明することのできない何か、いわゆる超自然現象というやつが、ついにわが身にふりかかったのではないか――そんな疑念が生まれてはじめて、吾郎の胸に渦巻いた。

しかし、吾郎はすぐさま、自らがいだいた疑念をうち消そうとした。

――ふん、ばかばかしい。この世に科学の力で説明できない現象なんて、絶対にありっこないさ。

そう自分に言い聞かせると、吾郎は意を決し、ふり返った。

――そこに立っていたのは、うすいブルーのパジャマを着た、若い男の患者だった。20歳そこそこと思われる患者は、口もとにうっすらと笑みを浮かべ、すずしげな目で吾郎を見ている。

肌が透きとおるように白いほかは、とくに変わったところはない。そこらへんの街頭で、ギターをかき鳴らして歌っていそうな、長髪の若者だった。

吾郎はホッと胸をなで下ろし、患者に話しかけた。

「きみ、こんな時間に病室を抜け出しちゃダメじゃないか」

すると若い患者は、長い髪をかき上げながら答えた。

「あんまり寝苦しくってね、ちょいと外の空気を吸いたくなったのサ。あんただって同じだろう？」

吾郎はカチンときた。患者に「あんた」なんて呼ばれたのは、はじめてだ。しかもこの男は、自分よりも明らかに若い。

ついさっきまで恐怖におののいていたことも忘れ、吾郎はムッとした。そして、命令口調で患者に言った。

「とにかく、早く病室に戻りなさい。どこに入院しているんだ？　外科病棟？　それとも、心療内科？」

「内科だよ」

「内科？」

吾郎は首をかしげた。分院の内科にかつぎ込まれるのは、たいてい60歳以上のじいさん、ばあさんだ。若い患者がやってくること自体めずらしいから、彼のような若者が入院したら、ふつうすぐに気づくはずなのだ。

「主治医はだれ？」

不審に思った吾郎は、さらに質問した。

「木村先生」

「……木村先生？」

一瞬ハテナという顔をした吾郎だが、すぐさま表情をこわばらせて言った。

「でたらめを言うんじゃない。内科病棟には、木村なんてドクターはいないぞ。さあ、ほんとうのことを答えるんだ」

しかし、若い患者はひるむどころか、逆に吾郎に問い返した。

「知らないのかい、あんた？　木村先生のこと」

知っていて当然、という調子で言われると、やはり気になる。吾郎はもう一度頭の中で、木村という名字をほじくりかえしてみた。

「木村、木村……。ああ、そういえばテニスサークルのOBで、ここに勤めていた先輩がいたっけな」

「思い出したかい？」

「でも、木村先輩が分院内科で研修していたのは、えーっと……たしか六年前の話だ。いま先輩は、アメリカの大学院で研究しているはずだ」

「ご名答！　そのドクター木村だ。さすが名門医大を出ただけあって、なかなかの記憶力じゃないか」

若い患者はうす笑いを浮かべて、こちらを見ている。吾郎はだんだん、腹立たしくなってきた。

「六年前の主治医に、どうやって診てもらうんだ？　きみはタイムマシーンに乗って、六年後の病院に迷いこんだ、とでも言うのかい？」

「ハハ……。『バック・トゥ・ザ・フューチャー』か、なつかしいね。あの映画はおれも大好きだった。チャック・ベリーも出てくるしね」

「もういい。早いとこベッドに戻るんだ。きみのお遊びにつきあっているほど、ぼくはヒマじゃない」

そう言うと、吾郎は患者にくるりと背を向けた。

――ふん、おまえのことなど知ったことか。かってにすればいい。

吾郎はぷんぷん怒りながら、病棟へ向かって歩きはじめた……が、二、三歩歩いたところで、背後から白衣のえり元をつかまれた。

「いいかげんにしろよ！」

頭にきた吾郎はふり向きざま、思いっきり若い患者の胸を突き、自分の体からひき離そうとした。

次の瞬間、自分にふりかかった信じられない現象に、吾郎はかつて経験したことがないほど激しい衝撃を受けた。

――患者に向かって突き出したはずの自分の両腕が、なんと、そのままスルリと彼の胴体を突き抜けてしまったのだ！

目標を失った吾郎は前方へつんのめり、気がついたときは、草地の上に転がっていた。

「戻るベッドなんか、ないんだよ」

ぼう然と自分を見上げる吾郎に、若い患者は言った。

「入院していたのも、木村先生の世話になったのも、六年前の話だからね」

「六年前……」

なにがなんだかわからぬまま、吾郎はつぶやいた。

「おれは、いまからちょうど六年前のきょう、この病院にかつぎこまれた。そして、その十三日後に、バイバイしたってわけ」

吾郎は腰が抜けてしまい、立ち上がることができなかった。

混乱をきわめる頭の中で、いま自分の目の前で起こっている現象を、吾郎は必死に分析しようとした。

「つまり……」

カラッカラにのどが渇いて、なかなか声が出てこない。若い患者はそんな吾郎を、だまって見下ろしている。

「ようするに……きみは」

やっとの思いで、吾郎は声をしぼり出した。

すると、若い患者は言った。

「そう、あんたたちが言うところの『幽霊』サ」

フェニックスの木の下で

「青山君」

病棟医長の声で、吾郎はハッとわれに返った。

「なにをボーッとしてるんだ。きみの番だよ。前に出てプレゼンテーションを始めなさい」

「はっ、失礼しました」

あわてて前へ進み出た吾郎は、レントゲンフィルムをシャウカステンにかかげ、病歴要約をオーバーヘッドプロジェクターに設置した。

向きなおると、教授、助教授、以下三十名の医師がずらりと並び、こむずかしい顔をこちらへ向けている。吾郎は、昨日のうちに作っておいたレジュメを取り出し、プレゼンテーションを始めた。

いつもだったら壇上で堂々と胸を張り、大きな声でハキハキと、じつにテンポよくプレゼンテーションを進めてゆく吾郎だが、きょうは明らかにようすがちがう。

うつむきかげんの顔は青ざめ、声にはまったく張りがない。発表内容にもメリハリがなく、ただ書類を棒読みしているだけ、といった感じである。

　吾郎は自分で作ったレジュメの意味を、ぜんぜんわかっていなかった。目の前をただ、文字の羅列が通りすぎてゆくだけである。あまりの退屈さに、あっちこっちで大きなあくびが始まった。

　なんとかプレゼンテーションが終わり、質疑応答へ移った。しかし、先輩ドクターに質問されても何をきかれているのかさっぱりわからず、吾郎は一つもまともに答えられなかった。もちろんこんなことは、研修医になって以来はじめてだ。

「どうかしたのかね、青山君。質問に答えられないなんて、きみらしくないねえ」

　教授に声をかけられても、吾郎は「はあ」と力なく答えるだけだった。

　研修医たちのプレゼンテーションがすべて終了し、昼食をはさんで午後の教授回診が始まっても、吾郎はあいかわらずボーッとしたままだった。

　いつもの火曜の午後と同じように、教授と研修医、その他大勢のドクターがぞろぞろと、患者のベッドを回り歩く。

　いっぽう、吾郎は上の空で、つい十二時間前に自分にふりかかった出来事がぐるぐると、頭の中を回っていた……。

――中庭の草地に転がったまま、ぼう然と自分を見上げる吾郎に、幽霊と称する若者は言った。

「自己紹介をしよう。おれは、六年前にこの病院で死んだ、キクチ・ゴローだ」

「ゴロー……」

焦点の定まらぬ目で幽霊の姿をながめながら、吾郎はつぶやいた。

「そう、あんたと同じ名前だよ。偶然だけどね」

ふたたび長い髪をかき上げ、ゴローは言った。

「な、なんで……ぼくの名前を知っているんだ?」

「そりゃあ、おれは六年前からこの病院にいるからね。三か月前にあんたがここへやってきた日のことだって、ちゃんと覚えているよ」

「きみは死んでからずっと、この病院に居ついているのか」

「まあね」

「信じられない……」

「幽霊なんて言われて、すんなり信じるほうがおかしいサ」

と言って、ゴローは苦笑いした。

「でも……」

混乱しきった頭をなんとか整理しようと、吾郎はゴローにたずねた。

「なんだってきみは、よりにもよって、ぼくの前に姿を現したんだ？」

「それはまた、あしたの夜にでも説明しよう」

「あした？」

「ああ。あんたはあと五、六時間のうちに、プレゼンの準備を完了させなきゃならないんだろう？」

「そんなことまで、知っているのか？」

「これ以上じゃまをしちゃ、悪いからね」

「べつに……じゃまじゃない」

吾郎が強がりを言うと、ゴローはまた笑って言った。

「しっかり準備しなよ。負けられないんだろう？　出世にひびくから」

胸の内をすべて見透かされているような気がして、吾郎は腹が立つと同時に、恐ろしくなった。

「じゃあ、またあした」

啞然《あぜん》として自分を見つめる吾郎に、ゴローは言った。

「同じ時間に、この場所で？」

吾郎はきいた。

「ああ。あんたさえ、イヤじゃなかったら」

「…………」

吾郎が答えられずにだまっていると、幽霊の影は徐々にうすくなってゆき、やがて完全に見えなくなった……。


「吾郎」

哲也に背中をつつかれ、吾郎はびっくりしてとび上がった。

「なにを驚いてるんだ？」

「いや、べつに……」

「それより、早く行きなよ。吾郎の患者だろう？」

気がつくと、いつのまにか自分の担当患者の病室に来ていて、患者のベッドサイドに立った教授が首を伸ばし、吾郎の姿を探している。

「いけね！」

吾郎は、先輩たちをかきわけて前へ進み出ると、教授に患者の病状を説明しはじめた。

教授の診察がひと通り終わって病室の外へ出ると、助教授が吾郎に近づいてきて、そっと耳打ちした。

「女遊びもいいけれど、ほどほどにね」

助教授は、口もとをちょびヒゲといっしょにニヤッとさせると、軽くうなずいて吾郎から離れていった。


八月十日、火曜日の教授回診は、いつもどおり午後4時に無事終了した。

昨夜よりぶっ続きのストレスからようやく解放された三人の研修医は、自分たちの部屋に戻るなり、腹の底から安堵《あんど》のため息をついた。そして、めいっぱい両手を広げ、さも気持ちよさげに「うーん」と伸びをした。

このときばかりは何も考えず、頭の中をすっからかんにして、心身ともにリラックスできる。彼らにとって、一週間のうちでもっとも解放感にひたれる瞬間であり、つかの間の安らぎの時でもある。

けれども吾郎だけは、いつもとようすがちがっていた。ひとりいすに腰かけ、身じろぎもせず宙を見つめたまま、じっと何かを考えている。

やがて吾郎はすっと立ち上がり、無言のまま部屋から出ていった。

「きょうの吾郎、なんか変じゃなかった？」

吾郎がいなくなると、哲也がほかの二人にきいた。

「そう、ヘン、ヘン！　絶対ヘンだったわよ。先輩のつっこみにひと言も反論しない吾郎なんて、びっくりだわ。なんだかあたし、不吉な予感がしてきたよ」

のり子は大げさにうなずくと、手にしたうちわを忙しくパタパタさせて言った。

「ふわー……。まあ、人生長いからね。いかに優秀な青山君でも、こんな日もあるってこと。気にすることはないさ」

ほとんど閉じかかった目の皆川さんが、大きなあくびをして言った。

吾郎が向かった先は、地下の倉庫であった。倉庫には、この病院で死亡した患者のカルテが保管してある。

部屋の扉を開けるなり、古い紙とカビの入り混じったにおいが、吾郎の鼻をついた。もしも喘息《ぜんそく》の持病があったら、まちがいなく発作を起こしていただろう。

「たしか、キクチ・ゴローと名乗っていたな」

部屋の電気をつけ、吾郎はさっそくカルテを探しはじめた。いま自分のとっている行動を、なかばこっけいに思いながらも。

——そんなカルテ、ありっこない。フェニックスの木の下で見たものは、たんなる幻想だったのさ。きっとぼくは、疲れすぎていたんだ。

しかし、「菊地ゴロー」のカルテは、あっけなく見つかった。まるで吾郎に読まれることを、待ち受けていたかのように……。

吾郎はカルテを手に取ると、ふるえる手でほこりを払い、深呼吸を一つしてから、あせた水色の表紙を開いた。

1ページ目の「入院経過要約」が、いきなり吾郎の目にとびこんできた。

患者名・・菊地ゴロー、男性、21歳
主治医・・・木村純
転帰・・・死亡。病理解剖は、家族の希望により施行せず

入院期間は、六年前の八月十日から二十二日で、すべて、あの若者が言っていたとおり。病名は「急性骨髄性白血病」だった。

たった十三日間の入院であるが、そのわりにカルテは厚く、ずっしりと重い。それは、いかに患者が重症であったかを示している。

緊急入院したその日から、さっそく抗癌剤《こうがんざい》による治療を始めたが、病勢があまりに強かったために病状は回復しなかった。やがて、敗血症と肺炎を合併し、入院七日目から意識不明の重体となった。その後、あらゆる手をつくしたものの、十三日目に多臓器不全で亡くなっている。

——やはり、幻想ではなかったのだ。

しばしのあいだ、吾郎はカルテを手にしたままぼう然と、地下のうす暗い倉庫にたたずんでいた。

「それではみなさーん、お先に失礼あそばせ！」

「ぼくも、もう限界だ。またあした」

6時を回ると、のり子と哲也が相次いで帰宅していった。

教授回診から解放された火曜日だけは、研修医たちは早めに家に帰り、一週間分の睡眠をむさぼるのである——患者に急変がなければの話だが。

「いやあー、疲れた、疲れた」

7時過ぎになって、皆川さんがぱたんとカルテを閉じた。ようやく仕事を終えたらしい。

「青山君、悪いけどお先に失礼するよ」

「お疲れさまです」

べつに悪かあないよ、と思いながら吾郎は答えた。

「何を勉強しているの……。いやー、むずかしそうだなあ」

吾郎の読んでいる英語の文献をのぞきこみながら、皆川さんは言った。

「たいしたことないですよ。先月発表された、最新の遺伝子治療の論文です」

「遺伝子治療？　ぼくにはさっぱりわからない……。でも、青山君も疲れがたまってるみたいだから、たまには早く帰んなよ」

「ぼくは大丈夫です。それより皆川さんこそ、気をつけて帰ってくださいよ」

じっさい吾郎は、体力に自信があった。二日や三日くらい徹夜が続いたって、ぜんぜん問題ない。

「あいよ。そんじゃ、また」

皆川さんは、ほとんどつぶれかかった目で、よろよろと部屋を出ていった。

人のことより自分の心配をしなよ、と吾郎は思った。37歳ともなれば、やはり徹夜はこたえるだろう。まったく、ごくろうさまである。

皆川さんが帰ってしまい、ひとり研修医部屋に残された吾郎は、もう一度、頭の中を整理しようと試みた。

菊地ゴローという患者が六年前にこの病院で亡くなったことは、100パーセント事実であり、疑いをはさむ余地はない。

しかしながら……昨夜、自分の目の前に現れた若者が菊地ゴローの亡霊であるという確証は、いまのところ何一つ得られていないのだ。

とにかく、午前1時になったらもう一度フェニックスの木の下へ行ってみよう、と吾郎は思った。昨夜の患者がふたたび自分の前に現れるかどうか、この目でしっかり確かめなくてはならない。そして、あの生意気な若者が正真正銘の幽霊かどうか、徹底的に問いただしてやるのだ。

その時が来るまでは、あれこれ考えたってはじまらないじゃないか、と吾郎は自分に言い聞かせた。

——時は金なり。さあ、いつまでもうじうじ考えていないで、勉強しよう。あさっての勉強会では、遺伝子治療の最先端とこれからの展望を発表して、教授たちをうならせてやろうじゃないか。そう、きょうの汚名を返上するために。

頭の切り替えがとても速いのが、吾郎の自慢なのだ。

午前1時の中庭は、昨夜に比べ、またいちだんと蒸し暑かった。それでも夜の大気は、文献の読みすぎで過熱した吾郎の頭を冷やすには、十分だった。

吾郎はゆっくり、フェニックスの木の下まで歩いてゆき、木の根元に腰かけた。ノラネコたちの鳴き声は聞こえず、中庭は不気味な静けさに包まれていた。

吾郎は不思議と、こわくなかった。

すでに四十二時間起きっぱなしで、ちょっとばかり感覚がマヒしているのかもしれないが、とにもかくにも真相をつきとめたい一心だったのだ。

――幽霊め、今夜こそおまえの正体をあばいてやるぞ。

そしてまた、吾郎は幽霊に大いに文句があった。

研修医になって以来、教授回診前のプレゼンテーションで敗北を喫したのは、今回がはじめてのことだ。教授や先輩たちの面前であのような恥をさらしたことは、吾郎には許しがたい汚点であった。

それもこれもみな、あの幽霊のせいだ。こわいどころか考えれば考えるほど、吾郎は腹が立ってきた。

――あの幽霊やろう、ただじゃすまないからな。

しかし、待てども、待てども、幽霊はいっこうに現れない。そのうちに吾郎はふと、睡魔におそわれた。

——いかん、いかん。ここで寝てしまったら、なんにもならない。

眠気覚ましにひとつ、即興で歌でもつくってやろうか、と吾郎は思いついた。

作曲の経験がないどころか、カラオケも好きじゃない吾郎だが、とにかく歌いはじめた。

フェニックスの木の下で、気の向くまま、思いつくままに。

フェニックスの木の下で
ぼくは待つ
あの、ゆーれいやろうめ
おまえの正体、今夜こそ
あばいてみせるぞ

フェニックスの木の下で
ぼくは待つ
あの、ゆーれいやろうめ
おまえにいっぱい、いっぱーい
もんくがあるんだ

フェニックスの木の下で
ぼくは待つ
あの、ゆーれいやろうめ
おまえはなんだって、ぼくのまえに
あらわれやがった

フェニックスの木の下で……

グッド・ヴァイブレーション

——パチ、パチ、パチ、パチ……。

壇上に立った吾郎はスポットライトを浴び、何千という聴衆からスタンディングオベーションを受けている。割れんばかりの喝采《かっさい》だ。

ここはニューヨークの国際会議場。世界的に権威ある医学誌『ロンセット』に投稿した論文が高い評価を受け、吾郎はこの医学会に招待されたのだ。そして、吾郎が講演を終えるや否や、会場は称賛の拍手に包まれた。

わがライフワーク「ゴローズ・ジーン・セラピー」の斬新《ざんしん》さと臨床実績が、いまようやく評価され、世界のひのき舞台に立った瞬間である。

聴衆に向かってひとしきり手を振ると、感無量の吾郎は目を閉じ、今日《こんにち》に至るまでの苦難の日々を思い起こした。

だれかがトントンと、自分の肩をたたく。いよいよ、真に医学界へ貢献した者だけに与えられる栄誉ある盾の贈呈か、と吾郎は目をあけた……。

気がつくと、いつのまにか自分の前に、昨夜の若者が立っていた。吾郎は目をこすり、その姿をしっかり確認した。

——まちがいない、あいつだ。いよいよ現れたな、幽霊やろうめ！

眠気を吹きとばすように二度、三度と頭を振り、吾郎は立ち上がった。

するとゴローは、パチパチと拍手を始めた。

「イエーイ、なかなかカッコよかったぜ！」

「はっ？　なにがカッコいいって？」

吾郎は気勢をそがれ、きょとんとした顔でゴローにきいた。

「あんたの歌だよ。アドリブにしちゃあ、上出来、上出来」

「ふざけるな！　まじめに話をしようと思って来たのに」

吾郎は真っ赤になった——だれかに聞かれているとわかっていたら、あんな歌、うたうものか。

「ふざけてなんかないよ。ひょっとしてあんた、医者よりミュージシャンのほうが向いてるんじゃない？」

「むだ話をしている時間はない。きょうはきみに、いろいろ質問したいことがあるんだ」

「いいとも、なんなりときいてくれ。大まじめに答えようじゃないか」

ゴローは、余裕たっぷりの表情を浮かべて言った。

そこで吾郎は、最初の質問をした。

「第一に、きみはその……ほんとうに、幽霊なのか？」

頭のてっぺんから足の先まで、穴のあくほど自分の姿を見つめている吾郎に、ゴローはおかしそうに言った。

「なにをそんなに見ているんだい？　ほら、足だってちゃんとあるよ。いまどき足のない幽霊なんて、はやらないからね」

「そういえば……そうだな」

「いつも最新の医学文献を検索してるくせに、幽霊情報に関しては百年以上おくれてるようだね。この病院より古くさい、ハハ」

「ぼくが毎日文献を調べていることまで、知ってるのか？」

「まあね」

「とにかく、早く質問に答えてくれ」

「そんなにカッカするなって。そうだな……幽霊って言葉は好きじゃないけど、少なくともおれはいま、あんたと同じ世界には生きていない」

「じゃあ、きみが幽霊だって証明できるものは、何かあるのか？」

「さあ、幽霊は身分証明書なんて持ってないしね。それとももう一度、おれの体にさわってみる？」

「……もう結構だ」

昨夜のことを思い出し、吾郎はゾッとした。

「おれが本物の幽霊かどうか、それはあんたが信じるかどうかにかかっているのサ」

「証拠がなきゃ、信じられない」

「それとも、なにかい？　ＩＱの高い人間っていうのは、科学的に証明できないものは、いっさい信じないのかな」

「いや……」

吾郎は、少し考えてから言った。

「そうとも限らない。昔クラスメートだった藤木は、新興宗教の団体に入りびたっていて、大まじめで『教祖さまは空中浮遊するんだ』って言ってたな。物理の模擬試験では、ぼくと全国のトップを争った男だけどね」

「ハハハ、そいつはおもしろい……。まっ、ともかくあんたが信じさえすれば、おれはれっきとした幽霊だ」

「わかった。とりあえず、信じるとしよう」

「うむ。なかなか物分かりがいいようだね。このまま押し問答を続けていたら、夜が明けちゃうもんな」

エラそうに腕組みをしてうなずくゴローを、まったく生意気なやつだと思いつつ、吾郎は次の質問へ移った。

「第二の質問は、いったいどうして、よりにもよってこのぼくの前に姿を現したのかってことだ」

「いい質問だね」

「ぼくは霊感なんか持っていない。じっさい生まれてこの方二十四年、幽霊を見たことも、気配を感じたことも、ただの一度だってないんだ」

するとゴローは、こんなことを言った。

「『グッド・ヴァイブレーション』って曲を知ってるかい？」

「グッド・ヴァイブレーション？　だれが歌ってるんだ？」

「ビーチ・ボーイズだ」

「ああ。そのグループなら、前に一度テレビで見たことがある。アロハシャツ着て、♪サーフィン・USA……とか歌ってる、ダサイおっさんたちだろう？　いや、もうジイさんに近いか」

「たしかにだいぶ年をとったけど、ビーチ・ボーイズは偉大なグループだよ。機会があったら、あんたも聴いてみるといい」

「ぼくは忙しいんだ。そんなものを聴いているヒマはない」

「そいつは残念だね」

「で、そのグッド・ヴァイブレーションって曲が、どうかしたのか？　ヴァイブレーションの直訳は『振動』だけど、たしか『霊気』っていう意味合いもあった気がするな」

「さすが、優秀な人間はちがうねえ。曲を聴いたこともないくせに、よくそこまでわかるもんだ」

「つまり……きみがぼくに、そのヴァイブレーションとやらを感じたっていうのか？」

「ピンポーン！　おれはこの病院で死んでから六年間ずっと、グッド・ヴァイブレーションを感じる人間を探してたんだ」

「でも、ぼくより霊感が強いやつは、病院内にたくさんいるはずだ」

「いくら霊感が強くたって、こっちから願い下げっていう人間もいる。軽々しくおれたちのことを話題にして、吹聴《ふいちょう》して回るようなやつらは、マジにいけ好かない。ほら、夏になると必ず、『実録！　心霊現場ファイル』とか『ほんとにあった超こわい話』みたいなテレビ番組が、放映されるだろう？」

「いまはまさに、夏じゃないか」

「そりゃあ、たまたまだ」

「それに、どう客観的にみたって、きみとぼくはまったくちがうタイプの人間だ。どこにも共通点があるとは思えない……名前以外は」

「育った環境が似てるとか、相性がいいとか、そういう問題じゃなくって、純粋にヴァイブレーションの問題なんだ。言葉では説明できないけどね」

「そうだろうとも。どっちにしろ何もかも、説明なんかつきゃしない」

吾郎は、吐きすてるように言った。

「そんなにふてくされないで……。何はともあれ、おれはいまようやく、グッド・ヴァイブレーションを感じる人間を見つけた。おかげでこうやって姿を現し、話をすることができたんだ」

「その話し相手が、ぼくっていうわけか。まったく、いい迷惑だよ」

「迷惑？」

「そうさ、いい迷惑だ。きみのせいでぼくは、さんざんな目にあったんだからな」

「どんな目に？」

「昨夜きみと会ったあと、ぼくはぜんぜん集中できなくなっちまった。おかげで教授回診前のプレゼンテーションでは、準備不足なうえに心ここにあらずで、自分でも何を発表しているのか、さっぱりわからなかった」

「わかるよ。幽霊に出くわして気が動転しない人間なんて、いないからね」

「先輩たちの質問に何も答えられなかったし、回診では自分の担当患者まで忘れてしまって、みんなの笑いものさ。あんな赤っ恥をかいたのは、生まれてはじめてだ」

「大げさな」

鼻で笑ったゴローに、吾郎は食ってかかった。

「大げさじゃない！　あんな失態を演じてしまった自分を、ぼくは許せないんだ。人生最大の汚点だよ」

「まあまあ、落ちついて。一度くらい失敗したって、いいじゃないか」

「無責任なことを言うな！　ぜんぶ、きみのせいなんだぞ」

怒りおさまらぬ吾郎に向かって、ゴローがいきなり歌いだした。

「♪ドント・ウォーリィ・ベイビー。エブリシング・ウィル・ターン・アウト・オールライト……」

あっけにとられている吾郎に、ゴローはもうワンフレーズ歌った。

「♪ドント・ウォーリィ・ベイビー――そんな小さなことでくよくよするなって。あんたは、選ばれた人間なんだから」

「選ばれた人間？」

　吾郎の目が、キラリと輝いた。

「そうだよな……。たしかにぼくは選ばれた人間、すなわちエリートだ」

　吾郎は急に生き生きした表情になり、胸を張って語りはじめた。

「きみの言うとおりだ。選ばれた人間である以上、これしきのことでメゲてちゃいけない。われわれは、ふつうの人間の何倍も努力する義務があるんだ。そもそも、エリートというものは……」

　ゴローは長い髪をかき上げ、「まいったなあ」という顔をして聞いていたが、やがて吾郎を制するように言った。

「ちょっと待った。たしかにあんたは超一流医大を出た、将来有望な医者かもしれない。でも、おれが言いたかったのは、あんたが世間一般に公認されたエリートだっていうことじゃない」

「じゃあ、何が言いたかったんだ？」

「あんたは、このおれに選ばれた人間だっていうことサ」

「なんだ、そんなことか。幽霊なんかに選ばれても、ぼくはちっともうれしかないね」

吾郎はそっぽを向いた。

「あのね、おれたちに選ばれる人間なんて、めったにいないんだよ。一流医大の入学試験より、よっぽど狭き門なんだから」

「『幽霊に選ばれた』なんて言ったって、世間が認めるもんか。せいぜい、こいつは頭がおかしくなったと思われるのが落ちだよ」

「やれやれ。あんたはそんなに、世間に認められたいのかい？」

「エリートである以上は、世のすべての人が立派だと認める人間にならなくちゃ」

「じゃあきくけど、そもそも医者はエリートなのかい？」

「たいていはね。でも、みんながみんなってわけじゃない。たとえば……いっしょに研修している哲也ってやつ」

「ああ、知ってるよ」

「あいつは、絶対に出世できるタイプじゃない。医者のくせして、情けないくらい気が弱いんだ。元ヤクザの患者に気をつかって、へーコラしてるよ」

「そうかい？　なかなか腰が低くて、好感が持てるけどね」

「あれじゃあ、おやじさんの後を継いで、町医者にでもなるしかない。『はい○○さん、お大事に』って、毎日カゼ薬を出しているのがせいぜいだ。そんなんじゃあ、ちっともおもしろくない」

「町医者の、どこが悪いんだい？」

「悪いなんて言ってない。でも、せっかく一生懸命努力して医者になったっていうのに、そんなサエない暮らしはゴメンだね」

「エリート医師もいいけれど、町の住民に親しまれる庶民的な医者になるのも、悪くはないだろう」

「ダメダメ、そんな夢のないことを言っていたら。だいたい、ぼくがどんなに苦労してここまできたか、さすがのきみも知らないだろう？」

「そうね。おれが知ってるのは、この三か月間の文句ばかりたれているあんただ」

「みんなぼくのことを、生まれつき頭がいいんだろうと思ってるようだけど、それはちがう。ぼくは小学五年から大学を卒業するまでずっと、来る日も来る日も欠かさず、一日最低五時間は勉強してきたんだ。もちろん、学校の授業以外にね。休日は十時間以上だ」

「そいつはスゴイ。おれのギターの練習時間と、どっこいどっこいだ」

「ギター？　やっぱりきみは、ストリートミュージシャンだったのか」

「そう見える？」

ゴローは、にやっと笑った。

「医者だからね、人を見る目はあるんだ」

「ふーん、そうかい」

「とにかく、ぼくはこれからも毎日必死に、勉強や研究を続けていくつもりだ。でも、それだけ苦労して世に認められなかったら……つまり、医師としての名声を得られなかったら、そんなにむなしい人生ってあるかい？」

「たとえ名声が得られなくても、患者にしたわれる医者になれば、むなしくなんかないだろう？」

「患者に認められたって、たかが知れている」

「実体のない名声なんかより、患者との毎日の交流のほうが、よっぽど人生の財産になるんじゃないかな」

「いいや。そんなちっぽけな世界で、ぼくは満足したくない」

吾郎はガンとして、ゴローの言葉に耳を傾けようとしない。二人はしばらくのあいだ意見を戦わせたが、やがてゴローがため息をついて言った。

「あんたはちっとも、わかってない」

「何を、わかっていないって？」

「医者になった意味を、わかってないのサ」

「きみに何がわかるというんだ。だいたい、そのエラそうな口のきき方はなんだ。ぼくより三つも年下のくせして」

「幽霊になって六年たつから、じっさいはおれのほうが三つ年上だ」

「死んだあとまで歳《とし》をとるなんて、そんなムチャクチャな話、あるもんか」

「それにね、おれは六年間この病院で、いろんな医者や患者たちの姿を見てきた。机の上で勉強ばかりしてるあんたより、よっぽど患者の気持ちがわかるんだ」

「きみはぼくに説教するために、この世に現れたのか？」

「ちがうよ。だけど、あんたがあんまりわかってないから……」

「医療の実際を何も知らないくせに、大きな口をたたくな！」

鼻息を荒くして、吾郎は言った。

「実際を知らないのは、あんたのほうじゃないかな」

おだやかな顔で、ゴローは言い返した。

――コケコッコー
一番ドリの鳴く声が、どこからか聞こえてきた。

「やれやれ。ここいらの一番ドリときたら、やたら早起きなんだから」

ゴローが、つぶやくように言った。

吾郎は腕時計を見た。ちょうど3時である。

「ぼちぼち行かなくちゃ」

「そうか」

「続きはあした。また来てくれれば、うれしいよ」

「…………」

吾郎がだまっていると、ゴローの影は徐々にうすくなっていった。夜明け前の大気の中に、ゆっくり吸いこまれてゆくように……。

ゴローがすっかり消えてしまうのを見とどけると、吾郎は研修医部屋に向かって歩きはじめた。

仮眠用のベッドにごろんと横たわり、吾郎はいましがたゴローと交わした会話を、頭の中で整理しようとした。

もう一度ニワトリの鳴き声が聞こえ、吾郎は深い眠りに落ちていった。

泣いたって、はじまらない

「吾郎……吾郎……」

だれかが遠くのほうで、自分の名を呼んでいる。

「起きろよ、吾郎」

前後に体を揺さぶられ、吾郎は夢から覚めやらぬまま、反射的に上半身を起こした。

「うるさい！　幽霊のくせに、おれにさしずするな」

そう言ったかと思うと、吾郎はタオルケットを頭からすっぽりかぶり、ふたたびベッドに横たわった。

「吾郎」

「ゴロー」

「ごろおー！」

複数の声が重なり合って聞こえだし、だんだん大きくなってきた。

むりやりタオルケットをはぎ取られ、両頬《りょうほほ》をパチパチたたかれ、ようやく吾郎は目を覚ました。

「大丈夫か、吾郎？」

気がつくと、仲間たち三人が自分の顔をのぞきこんでいる。

「いやー、心配したよ」

「朝から何度も起こしてんのに、ぜんぜん目をあけないんだから。死んじゃったのかと思ったわよ」

「どこか体のぐあいでも、悪いのかい？」

三人が口々に、声をかけてきた。

「大丈夫……。ちょっと、疲れがたまっていただけだ」

ベッドサイドの目覚まし時計に目をやり、吾郎はギョッとした。なんと、9時5分前ではないか。

「いけねえ！　朝の採血をしなくちゃ。患者が待ってる！」

吾郎は瞬間的にとび起き、ハンガーにかけてあった白衣をわしづかみにした。

「心配ないよ。みんなで手分けして、吾郎の患者の分もやっておいたから」

哲也がニコッと笑った。

「きょうは水曜だ。助教授のモーニングカンファレンスは？」

大あわてで白衣のそでに腕を通しながら、吾郎がきいた。

「青山君はけさ、本院に届け物をしにいったって、ごまかしておいた。助教授、ぜんぜん疑ってなかったよ」

皆川さんがウインクした。

「……かたじけない」

吾郎はめずらしく、神妙な顔をして言った。

「決まり！　きょうのランチは、吾郎のおごりね」

のり子が例の調子で、あっけらかんと言った。

きょうばかりは吾郎も、三人組に頭が上がらなかった。それにしても、昨日に引き続いての大失態だ。

――仲間たちの面前で大チョンボをやらかすなんて、まったく信じられない。なんてドジでマヌケな研修医だ！

それもこれもみな、あの生意気な幽霊のせいである。考えれば考えるほど腹立たしくなり、吾郎は苦虫をかみつぶしたような顔をして患者のベッドを回った。

約束どおり、本日のランチは吾郎のおごりだった。

哲也は海老五目そば、皆川さんは冷しゃぶ定食、吾郎はハンバーグ定食を注文し、それぞれの盆を持って中央のテーブルに腰かけた。ここ分院の食堂は、シイタケのだし汁のにおいが玉にキズだが、味はけっこういける。

でも、言いだしっぺでいちばん食いしんぼうののり子が、ランチの輪に加わっていない。担当患者の一人が午前中から危篤状態となり、手が離せなくなったのだ。

いつもは思わず耳をふさぎたくなるほど騒がしいのり子だが、食事のときだけはいてくれたほうがありがたいな、と吾郎は思う。彼女がいないと会話がはずまず、なんだかおもしろくない。

三人の男たちはただ黙々と、昼飯を食べた。

病棟へ戻ると、まだ昼休み中だというのに、ナースたちがあわただしく動き回っていた。ステーションには、緊迫感がみなぎっている。

「のり子の患者が、危ないみたいだ」

哲也と皆川さんが、病室へ向かってかけだした。

そんな二人を横目で見ながら、吾郎はステーションのいすに腰かけ、今朝ほどの採血データに目を通しはじめた。

吾郎は、のり子の患者が癌の末期であることを知っていた。いたずらに病室にかけつけて心肺蘇生《そせい》をし、三十分ほど患者の寿命を延ばしたところで、なんの意味もないのである。こんなときは、出しゃばらないにかぎる。

やがてバタバタいう足音は止《や》み、病棟はにわかに静まりかえった。ステーションに戻ってきたナースやドクターはみな伏し目がちで、ひと言もしゃべらない。

手当ての甲斐《かい》なく、患者は亡くなったのだ。

データのチェックを終えた吾郎は、そろそろ午後の回診を始めようかと席を立ち、ひっそりとした廊下を歩いていった。

病棟は重苦しい雰囲気に包まれていたが、吾郎は気にしなかった。内科病棟で患者が亡くなるのは、めずらしいことではない。現にこの三か月のあいだに、吾郎の担当患者も二人、亡くなっている。

分院の内科病棟は、古い温泉旅館のように複雑に入り組んでいて、まるで迷路のようである。もともと狭い敷地内に、むりやり建物をつぎ足していったのだろう。それももう、何十年も前の話だが……。

もっとも歴史がある（おんぼろの）中央棟に入院している患者の診察を終え、比較的新しい東棟へ行こうと廊下を右に曲がると、そこにのり子が立っていた。

のり子はガランとなった病室の前で、ぼう然と立ちつくしていた。

「よう、お疲れ。ランチ残念でした。また今度、おごるよーん」

しめっぽい空気を振りはらおうと、吾郎はわざとおどけた調子で話しかけたが、のり子は返事をしない。

見ると、大粒の涙が、のり子の頬をつたっていた。

「どうしたんだ。ガラにもなく」

吾郎が声をかけても、のり子は流れ落ちる涙をぬぐおうともしない。

「中村さんが……中村さんが、死んじゃったのよぉ……」

のり子は、しゃくり上げながら言った。

「気持ちわかるよ。つらいよな」

「中村さん……きょうまでずっと……ずっと、がんばってきたのに」

「のり子もがんばったじゃないか。しかたがないよ」

中村さんは四か月前に内科病棟に入院した患者で、のり子は研修医になって以来毎日、彼を診てきたのである。

ひとしきり涙を流してしまうと、のり子はようやく落ちついたようだ。吾郎はもう一度、話しかけた。

「いつまでも泣いていたって、はじまらないだろ」

「そうよね」

「それより、のり子」

「なに？　吾郎」

「解剖は？」

「えっ？」

「決まってるじゃないか。ご遺体の病理解剖だよ」

「解剖は……なしよ」

「家族の承諾が、とれなかったのか？」

「うん」

「ちゃんと、お願いしたのかい？」

「井上先生と二人でお願いしたわよ。でも奥さんが、このまま家に帰してあげたいって」

「病理解剖はとても大切だよ。ぼくの担当で亡くなった患者は、二人とも実施した」

「そう……」

「二人目の患者が亡くなったときは、家族を説得するのにマジで骨が折れたよ。面談室で解剖の歴史と有用性をこんこんと説明して、『医学の発展のため、どうかご協力をお願いします』って頭まで下げてね」

吾郎がそこまで話すと、のり子がキッとまゆをつり上げた。

「あんたには、わかんないの？」

「なにが？」

「残された家族の気持ちよ。中村さんと奥さんはね、この病院で四か月間ずっと、つらい治療に耐えてきたのよ」

「だからこそ病理解剖をして、きちんと死因を説明してあげるべきだろう」

「一刻も早く、ご主人をおうちに帰してあげたいっていう奥さんの気持ち、あんたにはわからないの？」

のり子の問いかけに、吾郎は冷ややかに答えた。

「そんな感傷的なこと言ったって、しょうがない」

吾郎をじっとにらみつけ、のり子は言った。

「あんた、人間じゃない！」

のり子はくるりと背を向けると、ナースステーションへ向かって歩きはじめた。

――やれやれ。

吾郎は肩をすくめ、のり子のうしろ姿を見送った。

7時を回り、ようやく病棟の仕事が一段落つくと、吾郎は研修医部屋の机に向かった。明日は勉強会がある木曜日。しかも今週の発表当番は、吾郎であった。この二日間の汚名を返上する絶好のチャンスだ。

吾郎はノートパソコンを開き、勢いこんでレジュメ作りにとりかかった……が、やがて思い出したように席を立った。

ロッカーを開けるなり、吾郎はため息をついた。

シャツの替えも、パンツの替えも、すでに底をついていた。ロッカーの中にあるのは、よれよれになったワイシャツ二枚と、真夏の汗をたっぷり吸いこみ、すえたようなにおいを発散させている下着の山だけである。考えてみれば月曜の朝からこもりきりで、病院の敷地内から一歩も外へ出ていないのだ。

吾郎は、ワイシャツと下着をビニール袋にひとまとめにしてバッグにつっこみ、病院を出た。そして、すずしい顔をして地下鉄に乗りこんだ。

一見してエリート風の若者が抱えるドクターズバッグの中身が、汗と体臭がしみこみ強烈なにおいを発散させている下着と、しわくちゃの黄ばんだワイシャツとは、地下鉄の乗客はだれも想像しなかっただろう。

家に帰ると吾郎はさっとシャワーを浴び、三日ぶりにまともな夕食をとり、たまには家に泊まっていけという母を制し、ふたたび地下鉄に乗った。今度は、クリーニング済みのワイシャツと清潔な下着をバッグにつめて。


吾郎が研修医部屋に戻ってきたのは、9時50分だった。

それから吾郎は、わき目もふらずにレジュメ作りに没頭し、次に時計を見たときは、すでに午前1時を回っていた――たいした集中力である。

用を足しにいこうと席を立った吾郎だが、今夜はフェニックスの木の下へ行くつもりはなかった。明日の発表内容をより完璧《かんぺき》に仕上げたかったたし、あの生意気な幽霊にまた説教されるかと思うと、どうにも気が進まなかったのだ。

けれども……どうしたことだろう。トイレを出た吾郎の足は、知らず知らずのうちに中庭へと向かっていた。

気がつくと吾郎は、フェニックスの木の下に立っていた。

ゴローはすぐに、姿を現した。

「おそかったじゃないか」

「きょうは、きみに会いにきたんじゃない。ちょっと、頭を冷やしにきただけだ」

吾郎はわざと、そっけなく答えた。

「あしたの発表準備は、万全かい？」

ゴローはなれなれしく、話しかけてきた。

「あのねえ……」

吾郎は、なかばうんざりして言った。

「ぼくは他人にとやかく言われるのは、好きじゃない。おせっかいはやめてくれ」

「悪い、悪い。おれたちは昼間けっこうヒマだから、つい人間ウオッチングしちゃうんだ」

「昼間もずっと、病院にいるのか？」

「いいや、そうとは限らない。あんたらとちがって、おれたちは空間を自由に行き来できるからね」

「じゃあ、ぼくが着替えを取りに帰ったことも知ってるのか？」

「ああ。あんたの下着があんまりにおうもんだから、地下鉄でとなり合わせた乗客が、フフフ……かわいそうに、鼻をひん曲げてたぜ」

ゴローはさもおかしそうに、思い出し笑いをして言った。

「とにかく、ぼくにつきまとわないでくれ。まるで二十四時間、きみに監視されてるみたいじゃないか」

恥ずかしさと怒りで顔を真っ赤にし、吾郎は言った。

「あんたにばかり、つきまとってるわけじゃない。おれだって、自分の仕事があるんだ」

「そこらじゅうに出没して、人を驚かす仕事か？」

怒りがおさまらず毒づく吾郎に、ゴローは冷静に答えた。

「きのうも言ったけど、おれたちはそうやすやすと、人前に姿を現したりはしない。おれの姿が見えるのは、あんただけサ。しかも、このフェニックスの木の下で午前1時から3時まで、という条件付きでね」

「じゃあいったい、どんな仕事だ？」

「たとえば、大切な人を守るとか」

「大切な人？」

「家族だよ。あんたにだって、家族はいるだろう？」

「きみが、この世に残していった家族ってことか？」

「そういうこと。おれたちは毎日、現世に残してきた家族を見守っているんだ。彼らがきょうも一日、無事に過ごせますようにってね」

「ふーん」

「まあ、できることは限られてるけど。なんせ、家族にはおれの姿が見えないから」

「……そうだろうな」

「恥ずかしい話、ご先祖さまに守られていたなんて、おれは死ぬまで気づかなかったよ。あんたもせいぜい、ご先祖さまに感謝することだ」

「きみの両親は、健在なのか？」

「おやじは、おれが高校生のときに死んじゃった。でも、おふくろは元気だよ」

「そうか……」


ふと吾郎の脳裏に、冷たい冬の朝日が射しこむ、とある病室の光景がよみがえった。

白髪の老女はすっかりやせ細っていたが、もはや苦しむようすもなく、おだやかな顔でベッドに横たわっていた。

吾郎は老女のもとへかけ寄り、必死に呼びかけた。

「おばあちゃん……おばあちゃん！」

しかし、祖母は目を閉じたままで、吾郎の呼びかけに答えない。呼吸はさらに弱々しく、途切れがちになってゆく。

やがて病室の扉が開き、ドクターとナースが入ってきた。父親に肩を抱かれ、吾郎はベッドから離れた。

——その日、吾郎は半年の闘病の末に亡くなった祖母を、両親と共にみとったのである。

両親が共働きだった吾郎は、典型的なおばあちゃんっ子であった。

「おっと、このへんにしておこう。きょうは、おれの身の上話をするために来たんじゃないからね。そろそろ、本題に入ろうか」

「本題？」

物思いにふけっていた吾郎が、顔を上げた。

「思うに、きのうのあんたの態度は、いけ好かなかったな」

「ぼくの態度？」

「そう。仲間の女医さんに対する、あんたの態度」

「ああ、のり子のことか。あの子はちょっと、感情の起伏が激しすぎるんだ。患者が死んだくらいで、あんなに泣くことはない」

「死んだくらい？　考えてみろよ。人が死ぬよりも悲しいことが、ほかにあるかい？」

「そらきた」という顔をして、吾郎は反撃を開始した。

「そういうセンチメンタルな言葉には、もうあきあきだ。ぼくたちは医者だよ。これから毎日のように、人の死に直面しなくちゃならないんだ。そのたびに大泣きしていたら、心がいくつあっても足りないね」

「医者一年目にして、すでに不感症になっちまったってわけ？」

ふたたび吾郎の脳裏に、あの病室のシーンがフラッシュバックした。

ベッドサイドでかがみ込み、祖母の胸に聴診器を当てているドクターを、吾郎はこぶしを握りしめ見守った。

やがてドクターは身を起こし、おもむろに腕時計を見た。

「二月八日、午前7時7分。青山さき様、永眠されました……。ご愁傷さまです」

ドクターはそう言うと、ナースと並んで一礼した。父と母も涙ながらに「ありがとうございました」と、深く頭を下げた。

「なんで、助けられないんだ！」

吾郎は両親の制止を振りきり、ベッドに向かって突進していった。

小学五年の自分は祖母の死を受け入れられず、「なんでだぁ……」と泣きじゃくりながら、持ってゆき場のない怒りと悲しみをドクターにぶっつけた。

――思えばあの日ではなかったか？　医者になろうと心に決めたのは……。

けれども次の瞬間、吾郎は自らの感傷を振りはらうように、ゴローに反論していた。

「ぼくにだって感情はある。しかしわれわれは、いかなるときも感情に支配されてはならない。自分の心をコントロールできない者は、医者になる資格はないんだ。見ろよ、のり子を。安っぽいセンチメンタリズムに流されて、解剖承諾もとれなかったじゃないか」

「解剖が、そんなに大切かい？」

「現代医療がここまで発展してきたのは、病理解剖のおかげとも言える。患者の死をむだにしちゃいけないんだ。じっさい大学病院では、優秀な医者ほど解剖の承諾をとる率が高いものだ」

「それは、あんたたち医者の言い分だ」

「いいかい。ぼくは、そんじょそこらの医者とはちがう。心を鬼にしても、医学の発展に貢献する義務があるんだ」

やっきになって自らの立場を主張する吾郎に、ゴローはクギを刺した。

「そんなことばかり言っていると、いつか本物の鬼になっちまうぞ」

「アホくさい。これ以上ぼくに向かって説教するのは、やめてくれ」

「説教なんかじゃないよ。おれからあんたへの、ささやかな忠告サ」

けんか腰の吾郎に対し、ゴローの口調は、あくまでおだやかだった。

「おせっかいも、たくさんだ」

そのとき、本日の一番ドリが鳴いた。

「おやおや。きょうはまた一段と早いね、ニワトリさん」

「もう十分、話しただろう」

口ではそう言いつつも、吾郎も内心、あっという間に時間が過ぎてしまったな、と感じていた。

「忘れんなよ。あんたは医者である前に、一人の人間だ」

徐々に自らの影をうすくしてゆきながら、ゴローは言った。

「いいから、早く行きなよ」

「それじゃあ、またあした」

と言うか言わないかのうちに、ゴローの姿はすっかり見えなくなった。

吾郎はため息をつき、ひとり研修医部屋へ戻っていった。仮眠用ベッドに横たわり、電気を消したあとも、吾郎はしばらくのあいだ寝つけなかった。

——どうしてあいつは、よけいなことばかり言ってくるんだ？　なんだって、あいつはおれに、こんな気まずい思いをさせるんだ？

患者は、友だちじゃない

——ピピピッ、ピピピッ、ピピピッ！

けたたましいアラーム音が研修医部屋に鳴りひびくや否や、吾郎ははじけるようにベッドからとび出した。

八月十二日、木曜日。目覚まし時計の針は、7時を指している。

吾郎はホッと胸をなで下ろした。

——同じ失敗は二度と、くり返せないからな。

十分以内で歯をみがき、顔を洗い、新しいワイシャツを着て白衣をまとうと、吾郎は病棟へ向かった。

研修医部屋は病棟のすぐわきの、プレハブの掘っ立て小屋の中にある。部屋の外にはロッカーと狭いシャワー室があり、部屋に入ると机が二つずつ向かい合って並び、その奥に簡易ベッドが一つ置いてある。

吾郎以外の三人は、分院にほど近いアパートに住んでいるので、どんなにおそくなっても自転車で帰宅できる。けれども吾郎は地下鉄通勤なので、夜の12時を回ったら家へ帰れない。だから部屋のベッドは実質上、吾郎の所有物と化している。

毎晩この部屋に寝泊まりする生活パターンは、なんて効率がいいんだろう、と吾郎は思う。なんせ、通勤時間0分である。

採血など朝の急ぎの仕事をすませ、モーニングカンファレンス（本日は病棟医長の主催）を終えると、9時10分前だった。吾郎はいつものように売店でサンドイッチと缶コーヒーを買ってくると、部屋でひとり朝食をとった。

9時過ぎにナースステーションへ出なおすと、吾郎はもう一度ホワイトボードをながめ、本日の予定を確認した。

――ラッキー、きょうは新入院患者がいない。ということは、勉強会がある3時まで、準備に集中できるじゃないか。

吾郎は「よし、よし」とうなずいた。そして、早いところ午前中の回診をすませてしまおうと、ステーションを出た。

病室へ向かう途中、廊下に置いてある長いすに、皆川さんが患者と並んで腰かけていた。皆川さんはこの長いすがお気に入りのようで、しょっちゅうここに座って患者とおしゃべりをしている。

一時間ほどかけて七人の患者のベッドを回り、吾郎は午前の回診を終えた。ナースステーションに戻ろうとすると、なんと、皆川さんはまだ長いすに腰かけて、さっきの患者と話しこんでいるではないか。

――あいかわらずだね、あの人は。そんなに油を売っていたら、いつまでたっても仕事が終わらないよ。

研修医部屋に戻ると、吾郎はさっそく机に向かい、勉強会の準備にとりかかった。皆川さんは午前中いっぱい、姿を見せなかった。

午後になっても吾郎は部屋にこもりつづけ、準備に余念がなかった。途中、吾郎は何度かポケットベルで呼びだされ、病棟へ指示を出しにいったり、患者の腕に点滴針を刺しにいったりした。

皆川さんは、今度はデイルームで患者たちと談笑していた。そのなかには、彼の担当でない患者も含まれていた。

3時前に吾郎は準備を終えた。でも皆川さんは、あいかわらず戻ってこない。

「まったく、世話の焼けるおっさんだよ」

吾郎はぶつぶつ言いながら哲也と二人で皆川さんを呼びに病棟へ行ったが、長いすにも、デイルームにも、彼の姿はなかった。

しかたなく、三人の研修医は皆川さん抜きで会議室へ向かった。


会議室で、本日の勉強会の演題「遺伝子治療の最前線と今後の展望」をよどみなく発表する吾郎に、ドクターたちは真剣に聞き入った。

医学生や研修医たちは吾郎に羨望《せんぼう》の眼差《まなざ》しを向け、みなうっとり聞きほれた。先輩たちは感心しきった表情で「うーん」とうなり、互いに顔を見合わせては「勉強になりますなあ」とささやき合った。

じっさい吾郎のプレゼンテーションは、非の打ち所のないほどすばらしいものだった。発表後の先輩ドクターの質問に対しても、吾郎は次々と的確に答えていった。

質疑応答がすべて終了し、吾郎が「ありがとうございました」と頭を下げると、教授が満足そうにパチパチと手をたたきはじめ、やがて会議室に居合わせた全員が、吾郎に向かって拍手をした。

拍手の渦に包まれ、吾郎はすこぶるいい気分だった。この二日間の汚名をようやく返上し、溜飲《りゅういん》が下がる思いであった。

「スゲーな、吾郎。まったくおまえは、スゲーやつだ」

哲也は感心することしきりだ。

「悪いけどさ、吾郎。あたしには高級すぎて、ちーっともわからなかった。アーハッハ」

のり子がいつものように豪快に笑った。

けれども……けっきょく皆川さんは、勉強会に出席しなかった。

皆川さんがようやく研修医部屋に姿を見せたのは、5時を回ったころだった。疲れきった顔で部屋に入ってきた皆川さんは、苦笑いしながら言った。

「いやー、まいった、まいった。あしたから本格的な治療が始まる患者さんが、急に家に帰りたいって言いだしてねえ」

「もしかして……皆川さん、いままでずっと患者さんを説得していたんですか？」

哲也がきいた。

「そうなんだ。慢性的な病気を抱えた人だから、これまでたまっていた不満が一気に爆発したんだろうね。まあ、たしかにこっちの説明不足もあったけど……。けっきょくわかってもらうまで、病室で三時間も話しこんじゃったよ」

「それは、大変でしたね。でも皆川さん、ちなみにきょうは勉強会の日だって、覚えてました？」

「いけねっ！　すっかり忘れてた」

なーにやってんだか、と吾郎は思った。

「吾郎の発表、スゴかったんだから。ねー、哲也」

皆川さんのとなりでカルテを書きながら、のり子が口をはさんだ。

「いやー、ごめん、ごめん。今度また機会があったら聞かせてくれよ、青山君」

皆川さんは、右手で後頭部をかきながら言った。皆川氏、お得意のポーズである。

「たいしたことありませんよ。自分の研究を発表したわけじゃないですから」

べつに興味なんかないくせに、と内心思いながら吾郎は答えた。


皆川さんがいい人だってことは、認める。でも、彼の患者に対する態度は少しウェットすぎやしないかと、吾郎はときどき思う。

たとえば、八木さんへの接し方……。

八木さんは元NHKの特派員をしていたという経歴の持ち主だが、自由奔放な生き方と酒の飲みすぎがたたって肝臓を悪くし、おまけに糖尿病も合併し、ここ七年ほど入退院をくり返している。

八木さんは、元来マイペースでわがままな性格のうえに、インテリときている。患者としては、もっとも扱いにくいタイプである。

採血一つしようとしても、「なんのためだ？」とうるさく質問するし、こっちがベストと思って選択した治療にも、「おれは納得しない」と文句をつけてくる。とにかく自分の気に入らないことは、ガンとして受けつけようとしないのだ。

それだけならまだいい。長年入退院をくり返し、しかも元記者である八木さんは、この病院きっての情報通だ。しかもたちの悪いことに、ドクターの医療ミスの話や、ナースたちの裏話に関しては、やたらと詳しい。

いったいどこで情報をゲットしてくるのか、そのスクープ能力は『フライデー』級で、新しいネタを仕入れるたびに、八木さんは嬉々として入院患者に吹聴して回る。

ナースや研修医の応対にもいちいち口うるさく言ってくる八木さんは、はっきり言って、病棟一の嫌われ者なのだ。

そんな彼が不満をぶつけてこようが、クレームをつけてこようが、皆川さんはいつもとことん話につきあう。ときには何時間もぶっ続けで。

「皆川先生、あまり八木さんを甘やかさないでほしいな」

「そうよ、皆川先生が相手をするもんだから、あの人ったら調子に乗って、最近ますます態度がデカくなってきたわ」

「まるで、患者たちのリーダー気取りよね。まったく、手に負えないんだから」

「皆川先生って、ズルいと思わない？　自分ひとりだけ、患者にいい顔しちゃってさ」

「ホント、まるでこっちが悪者みたいじゃない」

「でもさ、あの先生ののんびりペースに合わせていたら、いつまでたっても仕事が終わらないわよ」

「こっちの身にも、なってほしいもんだわ」

ナースたちのそんな陰口を、吾郎はたびたび耳にした。

一人の患者のわがままをなんでもかんでも受け入れてしまうため、結果的に多くのスタッフが迷惑を被っていることに、皆川さんは気づいているのだろうか？

そもそも皆川さん自身が、スタッフに迷惑をかけている。プレゼンのレジュメ作りを先輩にやらせたり、ナースの仕事を滞らせたり……。

あれだけ長い時間、患者のお相手をしていたら、ほかの仕事に手が回らなくなってしまうのも当然だろう。

患者と仲よくするのは、皆川さんの勝手だ。でも、ちっぽけな自己満足のためにスタッフまで巻き添えにしないでほしいよな、と吾郎は思う。

夕方の6時半、吾郎は指導医と二人で面談室へ向かった。

きょうは、ある患者とその家族に対して、病状説明を行うことになっていた。入院後の精密検査で進行癌と診断された患者で、来週から抗癌剤による治療が始まるのである。けっしてめずらしい症例ではなく、むしろよくあるケースだ。

説明は、きっかり三十分で終わった。

吾郎は入院後の検査結果と、これから行う治療について、明確に、過不足なく説明した。起こりうる治療の副作用についても、漏れのないよう注意深く言及した。ほぼ、完璧に近い内容だった。

その証拠に、患者や家族はなんの質問もせず、最後までおとなしく吾郎の話を聞いていたし、指導医も吾郎のとなりで満足そうにうなずいていた。

「たいしたもんだ。ぼくの出る幕は、ほとんどなかったよ」

面談室を出ると、指導医は感心したように吾郎に話しかけてきた。

「いやあ、まだ不慣れなもので」

いちおう謙遜《けんそん》してみせた吾郎だが、内心は自分の説明にご満悦だった。

「大丈夫。あれだけきちんと説明しておけば、何が起こっても安心だ」

「万が一、不測の事態が起きたとしても、患者や家族に訴えられることはない、ということですね」

「そうだ。まあ、きみが主治医をしているかぎり、そんな心配はご無用だがね」

指導医は吾郎の肩をポンとたたき、医局に帰っていった。吾郎はナースステーションに残り、七人分のカルテを書いた。

部屋に戻ってひと息つくと、吾郎はきょうの出来事をふり返った。すべて自分の思いどおりに事が運んだ、きょう一日を。

吾郎はにんまり笑うと、簡易ベッドにごろんと寝転がった。心地よい疲労感に包まれ、いつのまにか深い眠りに落ちていった。

目が覚めると、午前0時を回っていた。

電気はついているものの、真夜中の研修医部屋はしーん、と静まりかえっている。ほかの三人は、すでに帰宅したようだ。

目を覚ましたあともしばらく、吾郎はベッドの中で考えごとをしていた。今夜もゴローに会いにいくべきかどうか、迷っていたのである。

昨夜ゴローと別れたあと、「あいつはおれの天敵だ。話せば話すほど不愉快になる。もう二度と会うものか」と、誓ったはずだ。それなのになぜかいま、吾郎の心は揺らいでいるのだった。

　決心のつかぬまま、吾郎はむっくりと体を起こした。そして、とりあえず顔を洗って白衣をまとい、病棟へ向かった。


「あーら、青山先生」

　ナースステーションで、患者の病状をチェックしながら明日の指示書を書いていると、小太りで黒ぶちのメガネをかけた看護主任が、吾郎に話しかけてきた。

　この看護主任は、吾郎以外の三人の研修医には鬼のように厳しくガミガミ言ってくるが、吾郎を前にするとコロッと態度が変わり、猫なで声になる。どうやら、吾郎が大のお気に入りのようだ。

「それにしても先生の指示は、とってもきめ細かくて、きちんとしているわ」

　主任が吾郎に、にじりよってきた。

「このくらい、ふつうだと思いますけど」

　吾郎は、後ずさりしながら言った。

「ほかの研修医たちはね、毎回指示が穴だらけで、ホントにもう困っちゃうんだから。まったく、よく医者になれたもんだわ。天然ボケもいいとこよ、あの三人組は」

「はあ……」

仕事を終えた準夜勤のナース三名が、くすくす笑いながら主任と吾郎のわきを通りすぎていった。

「そこへいくと青山先生はすばらしいわ。先生の指示はいつだって完璧よ。おまけに先生の字、すっごくきれいで読みやすい」

主任は、とってのスマイルをつくって言った。

「そうですか」

吾郎はそっけなく答えると、腕時計に目をやった——1時だ。

「そろそろ行かなくちゃ」

「あらそう……。でもね先生、いくら若いからって、あんまりむりしちゃダメよ。たまにはゆっくり休んでね」

いかにもなごりおしそうに、主任は言った。

「はい。もう部屋へ帰って、休みます」

熱い視線を背中に感じながら、吾郎はナースステーションを後にした。けれども吾郎の足はベッドのある研修医部屋ではなく、中庭へと向かっていた。

昨夜までと比べると、いくぶん風があり、過ごしやすい夜だった。吾郎はゆっくりと、フェニックスの木に向かって歩いていった。

吾郎が到着したのとほぼ同時に、ゴローは姿を現した。

「やあ」

吾郎はゴローに、声をかけた。

「自分から話しかけてくるなんて、きょうはゴキゲンじゃないか」

あいかわらずクールな笑みを浮かべ、ゴローは言った。

「まあね」

「なにかいいことでも、あったのかい？」

「そうだな」

吾郎は昨日の出来事を、だれかに自慢したくてうずうずしていたのだ。そんな吾郎の気持ちを見透かしたように、ゴローが先手を打った。

「ひさびさに、主任さんに会えたしな」

そう言って、ゴローはククッと笑った。

「ふざけんなよ！」

吾郎は思わず、カッとなった。

「ジョーダン、ジョーダン。そんなに怒るなって」

「何度言ったらわかるんだ？　きみの冗談につきあっているヒマはない」

「わかったよ、マジに話そう。いったい、どんないいことがあったんだい？」

憤慨する吾郎をなだめるように、ゴローはきいた。

「まずは勉強会だ。教授も先輩たちも、ぼくの発表内容に100パーセント納得していた」

ようやく気をとりなおした吾郎は、得意げにうなずきながら言った。

「ああ、おれもちょっと聞いたよ。遺伝子治療とやらね。それにしても、みんなしきりに感心してたな」

「きみも少しは、興味を持った？」

「うんにゃ。教授連中には受けるかもしれないけど、ありゃあパンピー向けの内容じゃないからな。おれにはさっぱり、わかんなかったよ」

「パンピー？」

「一般ピープルの略。つまり、おれたちみたいな庶民のことサ」

「ヘンな略語を使うなよ。たしかに、きみたちには理解できなくて当然だろう」

「まあ、教授に評価されて何よりだ。ほかにもいいことは、あったかい？」

「そうだな……うん、夕方の患者への病状説明もなかなかうまくいった」

「癌と診断された患者と家族への説明かい？」

「そうだ。あの説明なら、きみにもよくわかっただろう？」

「ぜんぜん」

ゴローは即座に、首を横に振った。

「えっ、わからない？」

予想外のゴローの反応に、吾郎は思わずきき返した。

「ノー。おれにはさっぱり、わからなかったね」

「あんな簡単な説明が、わからないのか？」

「そもそもおれたちパンピーはあんたらとちがって、これっぽっちの医学的知識も持ち合わせちゃいないんだ。自分が癌になるなんて、考えたこともないしね」

「だからぼくは時間をかけて、わかりやすく説明したじゃないか」

「どんなにうまく説明しようが、たった三十分で患者を納得させることはできないサ」

「そんなはずはない。説明のあと患者も家族も、一つも質問してこなかったじゃないか。ぼくの説明に納得していた証拠だよ」

「やれやれ……」

ゴローは長い髪をかき上げると、ひと呼吸おいてから言った。

「あんた、ホントにわかっちゃいないんだな。患者はね、たったいま癌を宣告されて、気が動転しているんだよ。ガン、ガン、ガンで頭がいっぱいで、冷静に質問する余裕なんてあるわけない。それに、あんなにたくさんの情報を一気に話されたら、何を質問したらいいのかわからなくなっちゃうぜ」

「しかたがないだろう。ぼくらは限られた時間のなかで、すべての情報を患者に伝える義務があるんだ。何はともあれ、コミュニケーションは大切だ」

「コミュニケーション？」

「そう。昨今は医者もなかなか大変でね。コミュニケーションをとらなければ、すぐに患者に訴えられちゃうんだ」

するとゴローは、あきれたような顔をして言った。

「はっきり言ってあんたのは、ぜんぜんコミュニケーションになってない。あんたの説明は、医者サイドから患者への、一方的な情報の押しつけだ」

「患者が質問してこないんだから、しょうがないじゃないか」

吾郎はむくれ顔で言った。

「それはね、あんたがフレンドリーじゃないからサ」

「フレンドリー？」

「患者はあんたに、気楽に話しかけられないんだよ。なんていうか、あんたは患者を寄せつけないようなオーラを、からだ全体から発しているからね」

「ぼくが、か？」

「そうだ。あんた自身は、気づいちゃいないんだろうけど」

「じゃあいったい、どうすればいいんだ？　皆川さんみたいに四六時中、患者のお相手をしていろっていうのか？」

「皆川さん？　ああ、あのおじさん研修医ね」

「あの人は、患者とのあいだに一線を引くことができないんだ。だからいつも、患者にかかわりすぎてしまう。あれじゃあまるで、患者のご用聞きだ」

「ハハ、医者は患者のご用聞きか。なかなかいいんじゃない？　それ」

「冗談じゃない。医者はもっと威厳を持たなくちゃダメだ。だいたい、いくら患者とまめにコミュニケーションをとっていたって、いざというとき役に立たなければ、なんの意味もないだろう」

「そうかな？　少なくとも、あんたみたいな一方通行の医者よりは、ずっとマシだと思うけどね」

　ゴローの言葉に、吾郎はムッとした。

「いいかい、医者は患者の友だちじゃない。われわれはよけいなことに気をつかわず、病気を治すことに専念すべきなんだ」

「そりゃあ、そうだろうとも。だけど、あんたは知らないだろう？　あんたの説明を聞いたあと病室に戻った患者は、ベッドの上で何時間も泣いていたぜ」

「もう、たくさんだ！」

吾郎は、ゴローの言葉をさえぎった。

「ぼくをうしろめたい気分にさせて、どうしようっていうんだ？」

そう言うと、吾郎はゴローに背を向け、スタスタと歩きはじめた。

足早にフェニックスの木から立ち去ってゆく吾郎の背中を見送りながら、ゴローはにやりと笑った。

やがて一番ドリが鳴き、ゴローの影はうすくなっていった。

幽霊たちの酒盛り

「8号室の谷さんったら、また薬を床に落としちゃったのよ。もーう、いやんなっちゃう。おととい補充したばかりなのに」

日勤のナースがぼやくと、ステーションで働いていた吾郎がすかさず手を上げた。

「ぼくが薬をもらってきましょう。ちょうど、薬剤部に行こうと思っていたとこだから」

「あらっ、じゃあついでにお願いしちゃおうかしら。たすかるわー、青山先生」

きょうは十三日の金曜日。いかにも縁起の悪そうな日だけど、吾郎はそんなことぜんぜん気にしてなかった。それどころか、いつもぶつぶつ文句ばかり言っている吾郎が、きょうに限ってニコニコと上機嫌で仕事をしている。

なぜかって？　明日からいよいよ、待ちに待った夏休みが始まるからだ。

分院で働く研修医には、五日間の夏休みが与えられる。気の早いのり子は七月中にすでに休みをとってしまい、明日から吾郎、哲也、皆川さんと、一人ずつ交替で夏休みに入る予定である。

洋子との旅行が水の泡と消え、吾郎はほんとうにがっかりしていた。それでも研修医になって以来三か月、一日も休まず働きつづけた末に、ようやく五日間の休みがもらえるのだ。夕方になるにつれ、いつもはピリッとしまった頬の筋肉はしぜんとゆるみ、吾郎はうわついた気分を抑えきれなくなってきた。

おまけに今夜は、真夏の夜の一大イベント、分院の納涼会が開かれることになっている。年に一度やってくるこの夜を、病院のスタッフ一同心待ちにしている。

いつもはひっそりとさみしげな夕暮れ時の分院が、今宵は華々しくライトアップされ、にわかに活気づく。中央診療棟前にずらりと屋台が立ち並び、中庭には特設のビアガーデンがオープンする。

患者の見舞いに訪れた人々は、「ややっ？　来る場所をまちがえてしまったか」と、一瞬たじろぎ、目をパチクリさせる。

この日ばかりは無礼講だ。ドクターも、ナースも、薬剤師も、技師も、事務員も、そして教授さえも、病院じゅうのスタッフが入り乱れ、生ビールのジョッキやワインのグラスを片手に、夜がふけるまではしゃぎ回る。

ただし、ビールかけだけは厳禁だ。入院患者の容体が急変して、病棟に呼び戻されたら困るから……。

吾郎だって人の子だ。そんな特別なことが二つも重なった夕方に、浮き浮きしないはずがない。でも……一つだけ、彼の心にひっかかっていることがあった――あの幽霊やろう、ゴローの存在である。

この四日間というもの、吾郎は腰が抜けるほどぶったまげ、教授や先輩たちの面前で赤っ恥をかき、これ以上がまんならないくらい気分を害され、ずったずたにプライドを傷つけられた。

それもこれもすべて、あのにっくき幽霊やろうのせいである。ゴローから受けた屈辱に、吾郎ははらわたの煮えくり返る思いであった。そして、もう二度とあいつには会うまい、と固く決めていた。

それなのに……どうしてだろう？　どうしてあいつのことが、心から離れないのだろう？

この日、研修医たちはいつになくテキパキと働いた。一刻も早く仕事を終わらせ、納涼会に参加したかったからだ。

吾郎も早朝から着々と仕事をこなし、午後になると、あらかじめ準備しておいた担当患者六名の申し送り書を、もう一度念入りにチェックした。そして夕方には、哲也とのり子と皆川さんに、それぞれ二名ずつ患者をふり分け、引き継ぎを完了した。

気がつくと、吾郎は6時に仕事を終えていた。

仲間を残して自分一人だけ納涼会に行ってしまうのも、さすがに気がひけるので、吾郎は三人が仕事を終えるのをじっと待った。こいつら、あいかわらずのろまだねえ、と胸の内でぼやきながら。

7時近くになって、ようやく哲也とのり子が仕事を終えた。

「いやー、まだ当分終わりそうにないから、先に行っててくれよ」と、頭をかく皆川さんの机の上には、カルテが山積みになっている。

たしかに、このおっさんを待ってたら朝になっちまう、と吾郎は思った。

いっぽう、のり子はカルテを書き終えるなり、学生時代のクラスメートが遊びにきたからと言って、鉄砲玉のように部屋をとび出していった。

せっかく待っててやったのに、まったく失礼なやつだ、と吾郎は思った。

そんなわけで、吾郎は哲也と二人で納涼会に参加した。二人はまず、中央診療棟前に立ち並ぶ屋台を物色した。

串焼《くしや》き屋、たこ焼き屋、焼きそば屋……。月並みだが、春からずっと院内に缶詰め状態の二人にとっては、ひさびさにわくわくする光景である。

二人はうれしくなって屋台をはしごし、軟骨串やら、お好み焼きやら、イカ入り焼きそばやら、次から次へと無節操に食べ物を買いこんだ。

「おい、哲也。ビールに今川焼きは、あわないだろう」

「そうかい？　ぼくは好きだけどな」

「あーあ、五個も買っちゃって。おまえ、全部食えよ」

「そんなこと言わないで、吾郎も試してみなよ。けっこういけるんだから」

「おれはゴメンだね」

両手いっぱいに紙袋やプラスチックパックを抱え、吾郎と哲也は中庭にオープンしたビアガーデンへ向かった。

フェニックスの木の下のテーブルに陣取った二人は、生ビールの大ジョッキで乾杯するや否や、「おあずけ」を解かれた犬のように勢いよく串焼きにかぶりつき、競うようにお好み焼きをほお張った。

二杯目のジョッキを飲みほすころには、あんなにたくさんあった食べ物はほぼすべて吾郎と哲也の胃袋へ消えてゆき、テーブルの上には今川焼きだけが残された。

食欲が満たされると、二人の若者はようやく落ちつき、ほろ酔い気分になってきた。

「いいなあ吾郎は、あしたから夏休みで。ぼくなんかあしたから、患者が増えちゃうよ」

今川焼きをつつきながら、哲也がつぶやいた。

「せっかく気分よく飲んでるのに、景気の悪い話をするなよ。たった二人患者が増えるだけじゃないか」

「吾郎にとっては『たった二人』でも、ぼくにとっては『ドヒャー、二人も？』って感じなんだよ」

「もっと自信を持てよ、哲也。だいたいおまえは、患者に気をつかいすぎるんだ」

「そんなこと言ったってさあ、やっぱり患者さんの前では緊張しちゃうよ」

「ダメダメ、そんなんじゃ。患者なんて石ころだと思えよ」

「石ころなんて、あんまりじゃないか？」

いつもは温厚な哲也が、急に血相を変えてしゃべりだした。

「たしかにぼくは採血一つまともにできない、超ドンくさい研修医だよ。吾郎と比べたら、月とスッポンもいいとこさ。でもね、ぼくだって自分なりに信念を持って診療してるんだ。患者さんのことを石ころだなんて、ぼくは絶対に……」

「まあまあ、落ちついて。そんなマジにならなくたって、いいじゃないか」

気色《けしき》ばんで反論する哲也をなだめるように、吾郎は言った。

「吾郎。おまえまさか、本気であんなことを言ったんじゃあ……」

「もののたとえだよ、たとえ。さあ、もう一杯いこうか」

哲也の追及を軽くいなすと、吾郎は空のジョッキを両手に持って立ち上がろうとした。

とそのとき、だれかがトントン、と吾郎の背中をたたいた。

「皆川さん？　早かったじゃないですか」

うしろをふり返り、吾郎はギョッとした。

——フェニックスの木をバックに立っているのは、皆川さんではなく、ゴローであった。

ゴローはいつもどおり、おだやかな表情で立っていた。けれどもその影は、いつにもまして
てうすく、体の向こう側がほとんど透けて見えていた。

「ど、どうしたんだ？」

「やあ、じゃまして悪かった？」

「なんだって、こんな時間に……」

「きょうだけは特別。じつはね、今夜はおれたちも、年に一度の酒盛りをやっているんだ。

ついさっき、始まったばかりだよ」

「幽霊たちの酒盛り？」

「そうだ。おれたちだって、暑気払いをしないとね」

……哲也はポカンと口を開けっぱなしにして、吾郎の姿をながめていた。

もちろん哲也には、ゴローの姿も見えなければ、声も聞こえないのである。吾郎はうしろを向いたまま、ひとりフェニックスの木に向かって、わけのわからぬことを話しつづけている……。

「そこでね、おれたちの酒盛りに、あんたをぜひ招待したいと思ってサ」

「なんでぼくが、きみたちの酒盛りに？」

「病院の納涼会なんかより、よっぽどおもしろいぜ。あんただって自慢できるよ。おれたちの酒盛りに参加できる人間は、めったにいないからね」

「幽霊の酒盛りなんて、だれが信じるもんか」

「それともあんた、おれの仲間に会うのがこわいのかい？」

「こわいわけ、ないだろう！」

吾郎は、ビールで酔った顔をさらに赤くして言った。

「いやー、ゴメン、ゴメン。二人とも、もうすっかり出来上がっちゃった？」

そこへ皆川さんが、頭をかきながらやってきた。

「ありゃ？　青山君、いったいだれと話してるんだ？」

宙に向かってなにやらしゃべっている吾郎を見て、皆川さんが不思議そうに哲也にきいた。

「ぼくにもさっぱり……。とにかく吾郎、さっきからおかしいんです」

ひそひそ声で、哲也が言った。

「じゃあ、おいでよ。仲間たちも大歓迎だ」

ゴローはもう一度、吾郎を誘った。

「よし、行ってやろうじゃないか」

吾郎は勢いよく立ち上がると、あっけにとられている哲也と皆川さんに、「ちょっと席をはずすよ」と言い残し、テーブルから離れていった。

……立ち去ってゆく吾郎を、二人は首をかしげながら見送った。

「やっぱりおかしいですね。このところの吾郎」

哲也が皆川さんに同意を求めた。

「うーん、よっぽど疲れがたまっているんだろうなあ。でも青山君は、あしたから夏休みだろう？　ちょうどよかったじゃないか」

「疲れだけならいいけど……」

「それとも、彼女とうまくいってないとか」

「なんか、楽観的ですね。皆川さんって」

「そうかい？　こう見えてもぼくだって、サラリーマン時代に精神的に追いつめられて、おかしくなったこともあるんだよ」

「ホントですか？」

「ホントだとも。まっ、長い人生、いろんなことが起こるのさ」

「でも、なんだか心配だなあ」

「大丈夫。それより、飲もう、飲もう。あれっ……きみたちは変わった趣味だねえ。ビールのつまみに今川焼きとは」


ゴローは歩くというより、すべるようにして前方へ進んでいった。

「どこへ行くんだ？」

「心配しなくてもいい。あんたもよく知っているところだ」

ゴローは内科病棟を通りすぎ、研修医部屋がある掘っ立て小屋を通りすぎ、先へ先へと進んでいった。

——幽霊のあとについていくなんて、なんだか妙な気分だな。

ゴローのさらさらした長い髪と、すけすけの背中をながめながら、吾郎は思った。

やがてゴローは、院内のもっとも奥まったところにぽつんと立つ、ひときわ古い建造物の前で足を止めた。

「ここは……」

赤茶けたレンガ造りの建物の前で躊躇《ちゅうちょ》している吾郎を見て、ゴローはにやりと笑った。

「やっぱり、こわい？」

「べつに」

吾郎はやせがまんして言った。

二人は建物の中へ入り、うす暗い廊下を歩いていった。

――そこは、病院で亡くなった患者の霊安室、および、解剖室であった。

霊安室は、真夏だというのにひんやりしていて、ホルマリンのにおいがただよっていた。遺体は安置されていなかった。今夜は、解剖はないようだ。

奥の部屋から、陽気に騒ぐ声が聞こえてきた。ゴローの言うとおり、何者かが解剖室で、宴会を開いているらしい。

「さあ、どうぞこちらへ。おれの仲間たちだから、えんりょはいらないよ。みんなこの病院で死んだのサ」

解剖室に足をふみ入れた吾郎は、その光景に息をのんだ。

幽霊は総勢五名だったが、ゴロー以外はみな、この世の者とは思えない見目形《みめかたち》である（幽霊なのだから、当たり前だが)。

——胸と腹が真ん中からパカッと割れ、内臓をさらけ出している中年男。頭から足の先まで、体じゅうから管を垂らしている老女。背中から尻《しり》にかけてぺろりと皮がむけ、どす黒い潰瘍《かいよう》になっている老人。黄色い顔をして、手足がパンパンにふくれ上がった若者……。

吾郎は思わず、顔をそむけた。

幽霊たちは解剖台をテーブル代わりにし、計量カップや消毒用ビーカーを手にして、思い思いに日本酒やウイスキーをつぎ合っていた。中央のステンレス製トレイには、するめいかと昆布が盛られている。

幽霊の一人がマドラー代わりに手に取ったメスが、ギラリと光った。

「みんな、紹介しよう。おれの友だち、吾郎。ぴっかぴかの研修医一年生だ」

幽霊たちの視線がいっせいに自分に注がれ、吾郎は身ぶるいした。

「……はじめまして」

吾郎は、なるべく幽霊たちを見ないようにして、消え入るような声であいさつした。

「顔を上げな。あいさつってえのは、相手の目を見てするもんだ」

内臓まる出しの中年男にうながされ、吾郎は恐る恐る顔を上げた。

「ふふふ……。なかなか男前じゃないか。あたしの趣味だねえ」

管だらけの老女が、うす気味悪い笑顔を浮かべて言った。

「なあに、たいしたことはない。わしの若いころは、もっともっと男前じゃった」

皮のむけたじいさんが、すかさず異議をとなえた。

「だまってないで、なんか言ったらどう？」

黄色い顔の若者が、吾郎にけしかけた。

吾郎はゴローに助け船を求めようとしたが、ゴローはただニタニタ笑って、自分と幽霊たちのやりとりを観察している。

「あの……その……」

目をそらしたいのをぐっとこらえ、吾郎は幽霊たちに向かって口を開いた。

「なに、もごもご言ってんだ」

「はっきりお言い」

「みなさんは……どうして、そんな姿をしているんですか？」

そう言ってしまった直後、「われながら、なんてバカな質問を」と、吾郎は後悔した。

「どうしてだと？　とぼけたことをぬかしやがって」

「ちょいと、ふざけたことをお言いでないよ、お兄さん」

「わしらをこんな姿にしてくれたのは、ほかでもない、あんたら医者じゃろうが」

幽霊たちは口をそろえた。

「そ、そんな……」

幽霊たちの攻勢にたじたじの吾郎は、この場から一目散に逃げ出したい衝動にかられた。

しかし……まるで金縛りにあったように、体が動かない。

「いいか。おれたちはな、基本的に死んだときの姿でしか、この世に現れることができねえんだ」

「あたしだって好きこのんで、こんな醜《みにく》い姿をさらしているんじゃないさ」

「でもそれは、あなたがたをむしばんだ病気のせいで、ぼくたち医者のせいでは……」

吾郎は必死に弁解を試みたが、所詮、多勢に無勢である。

「いいや、おめえらのせいだ」

中年男は解剖台を離れると、吾郎の前に立ちはだかった。

胸と腹を切り裂かれた男は、内臓がまる見えである。ビビッドな真紅の心臓、くすんだグレーの肺、濃い赤茶の肝臓、緑がかった腸……。

解剖はとっくの昔に経験済みの吾郎だが、あまりのグロテスクさに卒倒しそうになった。

「だれがおれの体を、解剖していいと言った？」

「ご、ご家族が承諾されたからでしょう」

「けっ。おめえらがおれの家族を、体《てい》よく言いくるめたにちげえねえ」

「言いくるめたなんて……。ご遺体の解剖は、医学の発展にとても役立つのです」

「役立つからって、おれの意向も確認しねえで、むりやり解剖してもいいってのか？」

「むりやりなんかじゃ……」

「つべこべ言うな！」

　中年男の生々しい内臓が鼻先まで迫ってきて、吾郎は思わず目をつぶった。

「患者本人の了承もなしに、かってに人の体を切り刻むんじゃねえ。わかったか、このうすらトンカチ！」

　目を閉じたままふるえていると、男の声は徐々に遠のいていった。

　恐る恐る、吾郎は目をあけた。すると、いつのまにか自分の前に、老女が立っていた。

　老女は鼻からビニールチューブをつっこまれ、左手と右足から点滴のラインを何本もぶら下げ、胸にはモニター心電図のコードをひっつけている。

「なんだって、こんな管だらけの体にしてくれたのさ。歩くたんびに管がからまって、うっとうしいったらありゃしない」

　老女は、胸の前で複雑にからみ合った管をほどきながら言った。

「あなたはきっと重症だったから、集中治療が必要だったのです」

「集中治療？　あたしはね、もっとしぜんにいきたかったんだよ。しぜんにね。まったく、あの世にいってまで管に縛られっぱなしとは、夢にも思ってなかったよ」

「そんなこと言わないでください。一日でも長く生きてもらうために全力で患者さんを治療するのが、ぼくらの務めなんですから」

「管にがんじがらめにされるのが、どれほど気持ちの悪いものか、あんたには想像もつかないだろうさ。ちょっとはあたしらの身になって、考えておくれ。わかったかい」

「………………」

吾郎が下を向いてだまっていると、老女はぶつぶつ言いながらテーブルに戻っていった。間髪をいれず、若い幽霊が吾郎の前に現れた。白目が真っ黄っ黄になっており、両手はグローブみたいにふくれ上がっている。

「なんでこんなになっちまったか、わかるかい？」

「……薬の副作用、かもしれない」

「そのとおり。わかってるじゃないか、あんた」

「きみは難治性の病に冒されたのだろう。だから、薬も大量に必要だった」

「でもさ、オイラ聞いちゃったんだよね。オイラが昏睡《こんすい》状態になったあと、医者たちがベッドサイドでこそこそ話してるのを」

「なんて言ったんだ？」

「『ちょっと過激に、薬を投与しすぎたかもしれんなあ』ってね」

「……気の毒だが、しかたがないことだ。どっちにしろそこまで治療しないと、きみの病気は治らなかっただろう」

「薬の副作用で死ぬくらいなら、病気で死んだほうがよっぽどマシさ」

「それは結果論だ。1パーセントでも可能性があるのなら、治療に賭《か》けるべきだろう」

するとぺろりと皮のむけたじいさんが、若い幽霊に代わって吾郎の前へ進み出た。

「そいつは、わしらが決めることじゃないかね？　あんたらはいつもきちんと物事を説明しないまま、仲間うちでかってにやり方を決めてしまう。ああ……できることならわしだって、もっときれいに死にたかったんじゃ」

「…………」

気がつくと吾郎はいつのまにか、五人の幽霊に囲まれていた。

「わかったかい、おれたちの不満が」

五人の真ん中に立ったゴローが、いつもどおりのおだやかな表情で言った。

「きみたちの言うことは、わからないでもない。でも、ぼくらはぼくらで、毎日一生懸命にやっているんだ」

「あんたら医者の立場でね。でもたまには、おれたち患者のサイドに立ってみたらどう？」

「そんなことはできない。ぼくたち医療の専門家は、中途半端に私情をはさむべきじゃないんだ。常に冷静な頭で考え、客観的な見地からベストの治療を選択するだけだ」

「そうか……こんなに言っても、わからないか」

ゴローはにやりと笑うと、ほかの四人に目配せをした。すると、幽霊たちはいっせいに、吾郎にとびかかってきた。

十本の手が次々と、吾郎へ向かって伸びてきた。

「なにをする！」

床に倒された吾郎は、幽霊たちから逃れようと必死にもがいた。

しかし……いくら抵抗しようがむだである。

吾郎の両腕は、伸ばしても、伸ばしても、幽霊たちの体を突き抜け、両足はいたずらに、宙を蹴《け》りつづけた。

幽霊たちにがんじがらめにされ、吾郎はしだいに体の自由を失っていった。

「助けてくれ！　だれか、助けてくれぇぇぇ……」

吾郎の叫び声が、だれもいない夜の霊安室にむなしく響いた。

ふたごとの夏休み

——ザザー……。

目の前に、大海原《おおうなばら》が広がっている。太陽はギラギラと砂浜に照りつけ、まともに目を開けていられないほどまぶしい。

砂の上に大の字になると、吾郎は目を閉じた。

——ザザー……ザザー……。

聞こえるのは、波の押しよせる音とカモメの鳴き声ばかりである。真夏の太陽を体いっぱいに浴び、吾郎は思いきり手足を伸ばした。

——うーん、いい気持ちだ。これでとなりに洋子がいてくれれば、何もいうことはないのに……。

「おじちゃーん」

「いっしょにおよごうよー」

耳もとで、いきなりガキンチョの声がして、吾郎は気分をぶちこわされた。

「こらっ。お兄さんと呼べ、お兄さんと」

「えー。だって、ごろうおじちゃんは、お母さんの弟でしょう？」

ふたごの片方、ルミが言った。

「うそ言っちゃ、いけないんだあ。おじちゃんは、お兄さんじゃないもんねー」

もう一方のふたご、レミが言った。

「とにかく、ぼくはまだ若いんだ。『おじちゃん』なんて、呼ぶんじゃない」

皆川さんといっしょにしないでくれよ、と思いながら吾郎は言った。

「どうでもいいから、あそぼうよー」

「ねえ、およぎにいこうよー」

「ぼくはね、おとといまでほとんど寝ないで仕事してたから、疲れてるんだ。ちょっと休ませてくれよ」

「はやく行こうよー、おじちゃん」

ルミが、吾郎の体を揺さぶる。

「おきろー！　ごろうおじちゃん」

レミが、耳もとでどなる。

「『おじちゃん』じゃないったら」

吾郎はしぶしぶ起き上がると、右腕をルミ、左腕をレミに引っぱられ、波うちぎわまで走っていった。

吾郎の姉がパラソルの下で、そんな三人を笑って見ている。

ここは西伊豆の海水浴場――昨日から夏休みに入った吾郎は今朝早く、姉と小学一年生のふたごのめいたちと共に、二泊三日の旅行に出かけたのだった。


洋子との旅行がおじゃんになってしまい、吾郎は夏休みの五日間、とくにやることもなくなった。この三か月間働きづめだったから、何もせずにのんびり過ごすのも悪くないか、と吾郎は思っていた。

ところが、「吾郎が今週末から夏休みに入る」と母から聞きつけた姉が、三日前いきなり病院に電話をかけてきて、「家族旅行につきあわない？」と、吾郎を誘ったのだ。

なんでも、旦那《だんな》が急きょ海外出張へ出かけることになり、休みがとれなくなってしまったそうである（洋子といい姉の旦那といい、夏休み一つとれないとは、なんとせちがらい世の中だろう）。そこで、ふたごの父親のピンチヒッターとして、吾郎に白羽の矢が立ったというわけだ。

なんだ、洋子と二人っきりのスイートな旅行が、やかましいふたご付きの家族旅行にすり替わっちまったか、と吾郎はため息をついた。

けれども、夏休みの五日間とくに予定があるわけでもなし、よくよく考えてみれば悪い話ではない。なんせ、ただで海水浴に行け、新鮮な海の幸を堪能《たんのう》できるのだ。しかも、旅館には温泉まで付いているという。家でごろごろしてヒマをもてあますより、よっぽどマシかもしれない。

吾郎は、姉の誘いを受けることにした。

しかし……考えが甘かった。海の幸と温泉はよしとして、ふたごのパワーは吾郎の予想をはるかに上回っていたからだ。

やれ潜水ごっこだ、貝がら探しだ、次は砂遊びよと、吾郎は休む間もなくルミとレミのお遊びにつきあわされた。

浅瀬でドスンと背中に乗られては、右手と左手を反対方向へ引っぱられ、ちょっとでも砂浜で横になろうものなら、すかさずバシャバシャと水をかけられ……。さしもの吾郎も二人の攻勢に、たじたじであった。

日が傾くころには、吾郎はもうヘトヘトに疲れていた（ひょっとすると、病棟で働くよりハードかもしれない）。それなのに、ルミとレミはまだ遊び足りないと見え、いつまでたっても海からあがろうとしない。

姉は薄情にも吾郎を残し、さっさと旅館に引きあげてしまった。

「ただほど高いものはない」というのは、ほんとうだ。おろかなことに自分は姉の策略に、ものの見事にはまってしまったのだ。こんなことなら家でのんびり休んでいるんだった、と吾郎は後悔した。

ようやく二人が海からあがったときには、海水浴場には人っこ一人残っておらず、あたりはほとんど暗くなっていた。

――まったく、もう……。

吾郎はひりひり痛む背中をさすりながら、まだ自分のわきでピョンピョンはね回っているルミとレミを引きつれ、旅館まで歩いていった。

旅館に戻ってひと風呂《ふろ》浴びたら、もう夕食だ。膳《ぜん》の上には海の幸がずらりと並び、なかなか豪勢である。しぜん、吾郎の機嫌もよくなった。

ここでもふたごは、元気いっぱいだった。

「うおぉー」

「スッゲー」

四人の真ん中にデンと置かれた刺し身の舟盛りに、ルミとレミが歓声をあげた。

「くおうぜ！」

「くおう、くおう！」

吾郎は思わず、まゆをひそめた。けれども姉は、娘たちの野蛮な言葉づかいを気にするふうもなく、すずしい顔で吾郎にビールをついだ。

姉は、昔からそうだった。とにかく細かいことは、いっさいかまわない。気にしないというより、気にならないのだろう。そういうふうに生まれついているのだ。こだわり派の吾郎とは、正反対である。

ルミとレミが箸《はし》をふり上げ、舟盛りへ突進してゆくと、そこへ仲居さんが現れた。

「あら、あら、威勢のよいこと。でも、ちょっと待っててね。おばさんが取り分けてあげるから」

仲居さんは吾郎を見ると、ふたごに話しかけた。

「あらっ。いいわねえ、お嬢ちゃんたち。若いお父さんで」

「お父さんじゃないもんね」

「そう、おじちゃんだよー」

――やめてくれ！　おれがこんな行儀の悪い娘たちの父親であるわけ、ないだろうが。

野生児のように自由奔放に育った二人を見るたびに、吾郎は心の中で思う。

――いつか自分にも子どもができたら、おれは絶対に放任などしない。人さまの前に出しても恥ずかしくないよう、きちんとしつけるんだ。とくに女の子には、ちゃんとした言葉づかいを教えなくちゃね。

ルミとレミは大はしゃぎで、膳の上に並んだごちそうを次から次へと食べ散らかしていった。そんな二人を、吾郎はあきれ顔で見ていた。

――だいたい小学一年のくせして、刺し身の舟盛りや伊勢海老の姿焼きなんて、生意気なんだよ。こいつらには大人の味なんてわかりゃしないんだから、お子さまランチでも与えておけばいいんだ。

しかし……そういう吾郎の膳も、お子さまたちに負けず劣らず散らかり放題だった。いたるところに海老やカニのむき殻が散乱し、あちこちつつかれ見るも無残な姿になった黒ダイの塩焼きは、ネコも目をそむけそうだ。そして、シイタケ入りの煮物にいたっては、まるきり箸がついていない……。

夜になっても興奮状態のふたごは、なかなか寝ようとしない。

「おじちゃん、なんかはなしてよ」

ルミが、もうすっかり寝る態制に入っている吾郎の手を引っぱって、せがむ。

「ぼくは疲れてるんだ。もう寝かせてくれ」

吾郎は頭からすっぽり、ふとんをかぶった。

「ねえ、ちょっとでいいからさあ」

今度はレミが、ふとんの上に馬乗りになった。

「しかたねえなあ。じゃあ、ちょっとだけだぞ」

吾郎は観念した。

「ついこのあいだ、ぼくは病院で幽霊に会ったんだ」

吾郎はニヤッと笑い、話しはじめた——どうせなら思いっきりこわい話をして、こいつらをだまらせてやろう。

「えー、ゆーれい？」

「うそだー、おじちゃん」

ルミとレミはちっともこわがらないで、けたけた笑っている。二人いっしょにいると、気が大きくなるんだろうか？　ふたごっていうのは、どうにも始末が悪い。

「うそなんかじゃない！　ぼくは先週、毎晩幽霊に会っていたんだぞ」

いつのまにか、吾郎のほうがムキになっていた。

「じゃあ、どんなゆーれい？」

「おしえてよ、おじちゃん」

「いちばん仲がいいのは、ミュージシャンふうの、けっこうカッコいいやつだ」

「へえー。ゆーれいって、カッコいいの？」

「いいや、とってもこわいのもいる」

「どんなふうに？」

「そうだな、胸とおなかがパカッと割れて、内臓がまる出しになってるやつ」

「えー！　ないぞうが……」

「まる出し？　こわーい」

やっと二人がこわがってくれたので、吾郎はにんまりした。

「そいつがさ、こうやって、ぼくに迫ってきたんだ」

吾郎はカッと両目を見開き、歯をむき出すと、両手を大きく広げてルミとレミにおおいかぶさった。

「うわー！」

「きゃー！」

「吾郎、いいかげんになさいよ」

風呂からあがってくつろいでいた姉が、さすがに吾郎をとがめた。

「で、おじちゃん、どうしたの？」

「にげたの？」

「逃げるもんか。こっちから立ち向かっていったら、やつのほうが逃げ出したよ」

そう言いながら吾郎の頭の中で、おとといの晩の出来事がフラッシュバックした。

——霊安室で五人の幽霊にがんじがらめにされた吾郎は、必死にもがくうち徐々に気が遠くなり、やがて完全に意識を失った。

気がつくと吾郎は、病室のベッドに横たわっていた。

「大丈夫か？　吾郎」

哲也が心配そうに、自分の顔をのぞきこんでいる。

「ぼくは……どうしたんだ？」

「いつまで待っても帰ってこないから、皆川さんと二人で吾郎を探しにいったんだよ」

「そしたら青山君がね、研修医部屋の扉にもたれて意識を失っていたんだ。いやー、びっくりしたな、もう」

皆川さんが、後頭部をかきながら言った。

「……そうですか」

霊安室から研修医部屋へ戻った記憶は、まったくなかった。もしかしたらゴローが、あるいは幽霊たちが、自分を部屋まで運んでくれたのかもしれない。

吾郎は起き上がった。

「むりするなよ、吾郎。もう少し休んでいたら？」

「もう大丈夫。部屋に書類を取りにいこうとしたら、いつのまにか眠りこけちゃったみたいだよ」

「ベッドは空いているから、ひと晩ようすを見たらどうだい？」

「いや、家に帰ってゆっくり休みます。ずっと寝不足が続いていたから、思った以上にアルコールが回っちゃったんでしょう」

吾郎は心配する二人を制し、ドクターズバッグを持って病院を後にした。そして、家にたどり着くなりベッドに倒れこみ、翌日の夕方まで死んだように眠りつづけた……。

「おじちゃん、どうしたの？」

「はなしのつづき、きかせてよ」

ルミとレミにつつかれ、吾郎はわれに返った。

「ああ……。そうね、いろんな幽霊がいたな。おじいちゃん、おばあちゃん、若い男の子。

みんなで集まって、お酒を飲んでいたんだ」

「へえー。ゆーれいも、お父さんやおじちゃんみたいに、おさけをのむんだ」

「ぼくもびっくりした」

「でもさ……」

ルミが首をかしげて言った。

「ゆーれいって、どうして出るの？」

「どうしてって言われてもなあ……」

返事に困っている吾郎に、レミが助け船を出した。

「あっ。そういえばこないだ、テレビで言ってたよ。ゆーれいはこの世にみれんがあるから、出るんだって」

レミの言葉に、吾郎はハッとなった。

「なに？『みれん』って」

「わかんない。おじちゃん、『みれん』ってなに？」

「未練か……。要するに、この世に思いを残しているから、姿を現すってことだ」

「思いをのこすって？」

「つまり、この世に現れる幽霊はみんな、生きているうちにやっておきたかったこととか、大切な人に伝えておきたかったこととか、あるんじゃないかな」

「生きているうちにできなかったから、ゆーれいになって出るの？」

「そういうことだ」

「ふーん。そうなんだ」

ルミがうなずいた。

「ゆーれいってなんだか、かわいそうだね」

レミがぽつりと言った。

「うん……そうかもしれない」

とつぶやきながら、吾郎は複雑な気持ちになった。


ようやくふたごが寝静まると、今度は吾郎が寝つけなくなってしまった。腕時計を見ると、すでに午前1時である。

吾郎はむっくり起き上がると、ルミとレミを起こさぬよう静かにふすまを開け、大浴場のある一階へ下りていった。

だれも入っていない大理石の内風呂に、吾郎はざぶんとつかった。思わず尻の穴がちぢこまるほど温泉の湯は熱く、百も数えないうちにひたいから汗がふき出した。

内風呂からあがり、ガラス扉を開けて外へ出ると、吾郎の前に青黒い海が広がっていた。しばらく潮風に吹かれ、ほてった体をさましてから、吾郎は露天の岩風呂へ向かった。石の親子ガエルが奥のほうにちょこんと座って、こちらを見ている。

手ぬぐいを頭にのせ、岩風呂につかりながら、吾郎はふと思った——いまごろゴローは、どうしているだろう、と。

不思議なものだ。あれほど生意気でうっとうしいやつと思っていたのに、たった二晩会わないだけで、なんとなくさみしく感じる。

そして……おろかな吾郎は、ふたごに言われてはじめて気がついた。ゴローは何か理由があって、この世に姿を現したのだ、と。

思えば自分はこの一週間、ゴローのおかげで恥をかかされたり、プライドを傷つけられたりと、おのれの体裁を気にするばかりで、ゴローの身になって考えたことはただの一度もなかった。

自分のような研修医にちょっかいを出すために、わざわざ分院の中庭に出没するはずがない。ゴローは何かしら、この世に思いを残してきたにちがいないのだ。

そのことに、吾郎はいまごろ気づいたのである。

——あいつは、何かやり残したことがあるんだろうか？　それとも、だれか大切な人に伝えておきたかったことがあるんだろうか？

ゆらゆらと、夜の海にゆらめく漁火《いさりび》をぼんやりながめながら、吾郎はしばらくのあいだ、ゴローとフェニックスの木に思いをはせていた。


三日間はあっという間に過ぎ、吾郎は姉とふたごのめいたちと共に、電車に乗って帰路についた。

東京駅のホームで、吾郎は三人と別れた。

「おじちゃん、またね」

「バイバイ、おじちゃん」

ルミとレミが、吾郎に手を振った。

「ああ、またな」

なかなかかわいい笑顔じゃないか、と吾郎は思った。いかに行儀が悪くて憎たらしいふたごでも、三日もいっしょにいれば情が移るというものだ。

旅行カバンとみやげ袋を両手に持ち、地下鉄のホームへ移動しようとしたら、もう一度、ふたごに話しかけられた。

「おじちゃん」

「なに？」

「また、ゆーれいに会うの？」

ルミがきいた。

「ああ、たぶん」

吾郎はうなずいた。

「じゃあ、ゆーれいのはなし、またきかせてね」

レミが笑った。

「わかった。幽霊にインタビューしとくから、楽しみにしてなよ」

吾郎は大きく手を振って、ふたごと別れた。

——そうさ。

帰省客でごったがえす駅の構内を歩きながら、吾郎は心の中できっぱりと言った。

——あさって病院に戻ったら、ぼくはもう一度、ゴローにきくんだ。きみはどうして、この世に現れたのかって。

一生？のお願い

八月十九日。五日間の休暇を終えた吾郎は、帝都大学病院・分院に戻ってきた。

すっかり日焼けし、夏休み明けの小学生みたいに元気ハツラツの吾郎とは対照的に、留守番の三人組はやけに青白く、目はしょぼしょぼと、疲れきった顔をしていた。この五日間、吾郎一人が欠けただけで、彼らにかかる負担が一気に増大したのである。

三人は吾郎の顔を見ると、口々に話しかけてきた。

「やっと帰ってきてくれたか。あーあ、よかった。吾郎がいないと採血を失敗しても、たのめる人がいないからさあ。ほんと、プレッシャーだったよ」

哲也が、心底ホッとした顔で言った。

「アーハッ、ハッ。この五日間、病棟はてんやわんやの大騒ぎ！　主任さんはご機嫌ななめだしさ。やっぱ、吾郎がいないとダメだわ。あたしゃ、痛感したよ」

のり子が、なかばヤケ気味に言った。

「いやー、まいった、まいった。青山君の患者さんも、けっこう話し好きだねえ。昔話を始めたら止まらなくなってさ、けっきょく二時間もつきあわされたよ」

皆川さんが、頭をかきながら言った。

——あいかわらずだなあ、この三人組は。でもとにかく、患者たちに変わりがなくて、なによりだ。


休み明け初日は、とてもあわただしかった。しかし、吾郎はすぐにペースをつかみ、頭の中はスムーズに、夏休みモードから病棟モードへと切り替わった。

日中、吾郎は患者の診療に追われっぱなしで、ゴローのことを思い出す余裕はなかった。

夜の9時過ぎになってようやく病棟が落ちつき、吾郎は研修医部屋に戻った。

例によって店屋物の夕食をとってひと息つくと、吾郎はノートパソコンを開き、入院患者の病歴要約を作りはじめた。

夜は刻々とふけていった。三人組は一人、また一人と帰ってゆき、やがて部屋には吾郎だけが残された。

日付が変わり、吾郎はパソコンを閉じた。

「ふうーっ」と息を吐くと、吾郎は頭のうしろで両手を組み、いすの背にもたれかかった。

そして、ぼんやり宙をながめながら、ひたすら時が来るのを待った。

午前1時5分前に、吾郎は部屋を出た。中庭には、心地よい風が吹いていた。盆も過ぎ、蒸し暑さもいくぶんやわらいだようだ。

フェニックスの木の下へやってくるのは、六日ぶりである。けれども吾郎の心には、もはや一点の疑いもなかった。

——そう。今夜も必ず、ゴローは現れる。

1時きっかりに、吾郎はなまあたたかい風を背中に感じた。ふり返ると、はたしてそこにゴローが立っていた。

「やあ」

「ひさしぶり」

「元気だったかい？」

「ああ、ばっちりだ」

なんの違和感もなく、ごくしぜんにゴローと言葉を交わしている自分を、吾郎は不思議に思った。

「旅行は楽しかったかい？」

「まあまあだ。もしかして、またぼくを監視していた？」

「いいや。おれはおれで、行くところがあったからね」

「どこへ行ったんだ？」

「ちょっくら、田舎へね。先週末、親戚《しんせき》じゅうが実家に集まって、おれの七回忌をやってくれたんだ。さすがに帰らなきゃ、まずいだろう？」

「……そうか」

「もっとも、だれもおれの存在に、気づいちゃくれないけどサ」

思えばゴローがこの病院で死んでから、まる六年が過ぎようとしているのだ。吾郎が何も言わずにだまっていると、ゴローは話題を変えた。

「それはそうと、こないだは悪かったな。びっくりさせちまって」

ゴローは、ちょっぴりすまなそうな顔をして言った。

「それほど驚いちゃいない。あの日は少し、飲みすぎていたんだ」

吾郎は強がりを言った。

「気を悪くした？」

「べつに……。それより、ぼくを部屋まで運んでくれたのか？」

「ああ、仲間たちといっしょにね」

「そうか。じゃあ、彼らに礼を言っといてくれ」

「おっと、それには及ばない。あんたを気絶させたのは、おれたちだからね」

「気絶なんかしていない。急に酔いが回っただけだ」

吾郎がまた強がると、ゴローはふふっと笑って言った。

「それに、今度あいつらに会うのは、一年後だよ」

「一年後？」

「おれたちは基本的に日々、単独行動なんだ。あんたたちみたいにつるんで会議をやったり、トイレに行ったりはしないのサ」

「言われてみれば、集団行動する幽霊なんて聞いたことないな」

「一年に一回しか会わないもんだから、つい盛り上がりすぎて、ハメをはずしちゃうんだ。悪気があったわけじゃない。まあ、かんべんしてくれや」

「べつに怒っちゃいないって。それよりもきょうはきみに、ききたいことがあるんだ」

「なんだい？」

「いままで気がつかなかったけど、きみは何か理由があって、ぼくの前に姿を現したんだろう？」

「…………」

吾郎の質問が予想外だったのか、めずらしくゴローが言葉につまった。ゴローの戸惑った顔を見るのは、はじめてだ。

すかさず吾郎は、たたみかけた。

「ぼくに説教するために、わざわざこんなところに出没するわけないよな。きみは何かしら、この世に思いを残していったにちがいない。そうだろう？」

ゴローはしばし無言のまま吾郎の顔をながめていたが、やがてゆっくりうなずいた。

「そのとおり。おれはまさしくある思いをとげるために、あんたの前に姿を現した」

「やっぱり、そうだったか」

吾郎は満足そうにうなずいた。これまでずっとやられっぱなしだったゴローに対して、はじめて精神的優位に立てた瞬間だ。

「……それにしても、意外だったな。正直、あんたがそんな疑問を持つなんて、思わなかったよ」

ゴローが本音を吐くと、吾郎は鼻の穴をふくらませ、得意げに言った。

「幽霊に会うのも、もう六回目だからな。ぼくの脳みそも、だいぶ順応してきたようだね。つまり、いま現在自分が置かれている状況を冷静に、かつ客観的に分析できるようになったということだ」

「あいかわらず理屈っぽいな」

ゴローは笑って、言葉を続けた。

「じつを言うとね、きょうはあんたにお願いをしようと思って来たんだ。もうとっくに、見透かされちまったようだけど」

「よかったら、話を聞かせてくれないか。もちろん、きみの願いをかなえてあげられるかどうかは、わからないけど」

と言いながら、吾郎は少々むずがゆくなった。他人のためにひとはだ脱ぐなんて、まるきり自分の柄じゃないし、だれかの願いをかなえてあげようなんて、これまで一度も考えたことがなかったから。

「ありがとう。じゃあ、話そう」

「どうぞ」

ついにゴローは、自分の身の上を語りはじめた。

「あれは、19歳の夏だった……。八丈島へ向かう船のデッキで、おれはある女性に出会ったのサ。あの日のことは、死んだいまでも忘れはしない――彼女と目が合った瞬間、体の中に稲妻が走ったんだ」

「へえー」

「いわゆる、運命的な出会いってやつだな。その日から死ぬまでずっと、おれは彼女とつきあっていた。彼女は二つばっかり年上でね……。ちょいと気が強いけれど、心根はやさしい人だった」

「いっしょに暮らしていたのか？」

「同棲《どうせい》してたわけじゃないけど、おれが一人前になったら、結婚するつもりだった」

「ふむ」

「ずいぶんケンカもしたけどね。ともかくおれたちは、仲よくやっていた」

「そうか……。でも、ある日突然、きみは不治の病に冒されてしまった」

「しめっぽい話はやめようぜ。そういうのは、あんたもキライだろう」

「それにしても、あまりに急だった……」

「そうだね」

「それで、きみの願いはなんだ？　生前に伝えきれなかった思いを、彼女に伝えることか？　それとも、いまも変わらぬきみの思いを、伝えたいのか？」

「おいおい、そんなに結論を急ぐなって……。おれは生きているあいだに十分、自分の気持ちを伝えたし、いまでも毎日しっかり、彼女を見守っている。だから彼女に対しては、心残りなことはないんだよ」

「それじゃあいったい、どんな願いだ？」

わからんなと首をひねり、吾郎はゴローにきいた。

「まあ、話の続きを聞いてくれ」

「わかった」

「話はさかのぼるけど……おれはね、18歳のときにおふくろとケンカして、家をおん出ちまったんだ」

「カルテによれば、きみの実家は甲府市だったね」

「そうだ。おれにはやりたいことがあったんだけど、まわりの大人たちの猛反対にあってね。しかたなく、おれは家をとび出し上京した」

「で、家出してからは、おふくろさんと会っていたのか？」

「いいや。年に二度ほど手紙で近況報告はしていたけれど、けっきょくおふくろに再会したのは、病院の集中治療室だったよ。一人前になるまでは家に帰らないって、心に決めていたからね」

「なんか……切ないな」

「ちょっとばかりね」

「では、きみの願いは、おふくろさんに何かを伝えることか？」

「おふくろだけに伝えても、意味がない」

「じゃあ、どうすればいい？」

「彼女をおふくろに、引き合わせてほしい」

「えっ、なんだって？」

「おふくろに会いにいくよう、彼女を説得してほしいんだ」

「どうしてだ？　いまさらおふくろさんに引き合わせたって、きみは彼女と結婚できないだろうが」

　吾郎の反応に、ゴローは思わず苦笑した。

「やれやれ……。あんた、超一流の頭脳を持っているわりに、思考回路はずいぶんと短絡的なんだねえ。ファンタジー映画じゃあるまいし、幽霊が生身の人間と結婚できるかよ」

「そんなこと、わかってる」

　吾郎は、憮然《ぶぜん》たる面持ちで言った。

「それで、彼女はおふくろさんと面識があるのか？」

「ああ。入院中ずっと、二人で交互に看病してくれたからね。おれはほとんど、意識がなかったけど」

「病院でしか、会っていないのか」

「そうだ。もちろんおふくろは、おれの彼女だってことはわかっただろうサ。でも、瀕死《ひんし》の病人を前にして、和気あいあいとしゃべれるもんじゃない」

「うーむ……なかなか複雑だな」

「ビミョーだね」

「でもなんで、二人を会わせたいんだ？　二人のあいだの誤解を解きたいのか？」

「とくに誤解があるわけじゃない」

「じゃあ、いったいどうして？」

ゴローが、東の空を見やった。

「もう時間がないから、またあすにでも話そう。とにかくきょうすぐ、彼女に会いにいってほしいんだ。そして、たのんでほしい。おふくろに会ってくれと」

ゴローの顔つきが、いつになく真剣である。

「なんだか、よくわからんな」

納得できず渋っている吾郎に、ゴローはさらに迫真の表情で訴えた。

「たのむ、一生のお願いだ！」

「きみの一生はもう、終わっているじゃないか」

「そんな殺生《せっしょう》なこと、言うなよ」

ゴローの顔は、いまにも泣きだしそうである。

「だいたい、いきなりそんなことをたのみにいったって、彼女がぼくの話を信じると思うかい？　あやしいやつが来たと、警察に通報されるのが落ちだよ」

「ダメもとで、たのんでみてくれないか？　なんとしてでも、二人を会わせなくちゃいけないんだ」

ゴローは、せっぱつまったようすで言った。

「そう言われてもなあ……」

「もうすぐ一番ドリが鳴く。いまから彼女の名前と住所を言うから、メモってくれ」

吾郎はしぶしぶ胸のポケットからメモ帳を取り出し、ゴローに言われるままに名前と住所を書きとった。

「たのんだぞ、吾郎！」

おがむように、ゴローは言った。

ほぼ同時に一番ドリが鳴き、ゴローはすーっと消えていった。

つれないさくらさん

八月二十日、金曜日。この日、分院・内科病棟は不気味なくらい落ちついており、緊急入院もなければ、一人の急変患者も出なかった。

吾郎はだらだらと働きつづけるほかの三人を尻目に、ひとりテキパキと仕事を片づけていった。結果、幸か不幸か、吾郎は6時までにすべての病棟業務を終えてしまった。

いつもだったらこんな夕方はラッキーとばかり部屋にこもって、最新の医学文献を検索したり、遺伝子治療の勉強にいそしむところである。しかし、きょうばかりは少々勝手がちがった。

吾郎は研修医部屋のいすにひとり腰かけ、浮かぬ顔をして何度もため息をついた。

そう、吾郎は迷いに迷っていたのだ。ゴローのたってての願いを、彼女に伝えにいくべきかどうか、と。

もう少し現実味をおびた話であれば、彼のためにひとはだ脱いだっていい、と吾郎は思っていた。

しかし——しかしである。

これまでのゴローとのいきさつにしろ、これから自分がとろうとしている行動にしろ、すべてがあまりに現実離れしていて、考えれば考えるほどまともじゃない。幽霊からの伝言なんて、いったいだれが信じるというのだ？

「ゴローさんの幽霊があなたに、『ぜひ、おふくろに会ってほしい』と、言ってました」

なんて伝えたところで、彼女がまともに取り合ってくれるはずがない。そもそも、こんなバカげたことを大まじめに考えている自分が、こっけいではないか。

——やはり、先週から自分が見てきたものは、すべて幻想なんだろうか？　もしそうだとしたら、早いとこ精神科のドクターに相談したほうがいいかな？

さっきからずっと同じところをぐるぐる回っている思考を断ち切るため、吾郎は机に向かった。そして、とりあえず最新の遺伝子治療の文献でも検索してみるかと、ノートパソコンを開いた。

しかし……吾郎自慢の集中力も、きょうに限っては三分ともたなかった。

「吾郎、たのむよ……」

「お願いだ、吾郎……」

ゴローのせっぱつまった顔が、脳裏に浮かんでは消えていった。

「ええい！」

吾郎はすっくと立ち上がると、ドクターズバッグをわしづかみにして、勢いよく部屋の外へとび出した。

「吾郎、どこへ行くんだ？」

ちょうど入れかわりで部屋に戻ってきた哲也が、驚いて吾郎に声をかけた。

「ちょっと出かけてくる」

吾郎は哲也に目もくれず、ずんずん行ってしまう。

「待てよ、吾郎。患者の引き継ぎは？　ぼくはあしたから夏休みなんだよ」

哲也があわてて、吾郎を呼び止めた。

「二時間で帰ってくる！　どうせ10時まで、終わらないんだろう？」

一瞬うしろをふり返り、吾郎がどなった。

「たのむよ、ちゃんと帰ってきてくれよ！」

哲也もどなり返したが、吾郎はもうふり向かず、あれよあれよという間に見えなくなってしまった。

吾郎のうしろ姿を見送ると、哲也はさかんに首をひねり、ぶつぶつ言った。

「なんかあいつの目、いっちゃってたよな……。やっぱ、ヘンだ。うん、たしかにおかしいよ、最近の吾郎は」

上野から京成線に乗り換え、堀切菖蒲園《ほりきりしょうぶえん》という駅で、吾郎は電車を降りた。

まだ7時前だったが、外はすでにうす暗かった。いつのまにか夏も終わりに近づき、日が短くなっていたのである。

吾郎は、ドクターズバッグの中から東京ポケット地図を取り出すと、葛飾区《かつしかく》のページを開いた。そして、街灯の下で立ち止まっては現在位置を確認し、ゴローに教わった住所を目指し歩いていった。

——ここか。

『クローバーハイツ』は、小さな町工場が立ち並ぶ下町の一角に、ぽつんと立っていた。

吾郎は二階建てのアパートのまわりを、ぐるりと一周した——戸数は八つで、グリーンとホワイトのツートンカラーのこぎれいな建物だが、ベランダは狭く、つくりも今風でない。どう見ても、築二十年はたっているだろう。

吾郎は小さな門をくぐり、ところどころペンキがはげ、赤さびが出ている外階段を上がっていった。

２０５号室は角部屋で、表札は出ていなかったが明かりはついていた。玄関のすぐわきで洗濯機が勢いよく回っており、夕食の支度をしているのだろう、換気扇からはいいにおいがただよってきた。

――とにかく、ダメもとでやってみよう。

深呼吸を一つしてから、吾郎はチャイムを鳴らした。

「はーい」

面格子付きの窓の向こうから、よく通る女性の声が聞こえた。澄みわたった秋空のように、凛《りん》とした声だった。吾郎は思わず、背筋をしゃんと伸ばした。

換気扇が止まったと思ったら、玄関の扉が開いた。

「どなた？」

半分だけ扉を開けて顔を出したのは、Tシャツの上にエプロンをかけた、ショートカットの女性だった。

歳はゴローの言ったとおり、20代後半だろうか。はっきりした目鼻立ちは化粧っ気がないぶん、かえって際立って見えた。洋子とはまたちがうタイプだが、なかなかの美人である。

しかし、たしかに気は強そうだ。

「池内さくらさん、ですか？」

吾郎はたずねた。

「そうだけど、あなたは？」

さくらさんは大きな目で、じろりと吾郎をにらんだ。

——おっと、ここでひるんじゃダメだ。おどおどした態度を見せたら、あやしまれるだけだろう。

「帝都大学病院・分院の研修医、青山吾郎です」

胸を張り、吾郎は名乗った。

「帝都大学・分院……」

さくらさんの顔が、やや曇った。

ぶるぶる振動しながら脱水していた洗濯機が止まり、ツクツクボウシの鳴く声が、どこからともなく聞こえてきた。

せき払いを一つして、吾郎は用件を切りだした。

「六年前に分院で亡くなった菊地ゴローさんを、ご存じですね？」

「……知ってますけど」

一瞬の沈黙ののち、彼女は答えた。

「ゴローさんの件で、お話があるのです」

「ゴローの件って……。あの人はもう、とっくの昔に死んじゃったのよ。いまさらなんの話があるっていうの？」

　さくらさんは半信半疑といった顔つきで、たずねてきた。

「お伝えしなければならないことが、あるのです」

「あなた、お医者さんよね？　こむずかしい話はごめんよ」

「医学的な話ではありませんので」

「正直言って、あのときのことは思い出したくないな」

　ため息まじりに、彼女は言った。

「お気持ちは、よくわかります。でも、どうしても、話を聞いていただきたいのです」

「わかったわ。いまとっても忙しいから、手短にお願いね」

　さくらさんはようやく扉をぜんぶ開け、吾郎を玄関の中へ入れた。

「とにかく、最後まで聞いてくださいね」

　吾郎は念を押した。

「いいから、早く話しなさいよ」

　ちょっとイラついたようすで、彼女は言った。洋子だったらもっとじっくり話を聞いてくれるのに、ずいぶんと気の短い女性だな、と吾郎は思った。

　吾郎は、単刀直入に話しはじめた。

「じつは先週、ゴローさんの幽霊が病院に現れたのです」

「はあ？」

なにを言いだすんだこいつは、という顔で、彼女は吾郎を見た――当然だろう。

――こうなったら、少々頭がおかしいと思われたってかまわない。とにかく、話さなくては。

「ぼくだって、はじめは信じられませんでした。なにしろ幽霊に会うなんて、はじめてのことですから」

さくらさんはあっけにとられ、ポカンと口を開けっぱなしにしている。吾郎はかまわず、話しつづけた。

「でも、それから毎晩、ぼくは病院の中庭でゴローさんの幽霊と会い、明け方までいろんな話をしました。そして、きょう――つい十六時間ほど前のことですが――ゴローさんはぼくに、あることをお願いしてきたのです」

「いったい、どんなお願いよ」

あきれたような笑いを浮かべ、彼女は吾郎にきいた。

「『おふくろに会いにいってほしい』と、あなたに伝えてくれって」

すると、さくらさんは肩をすくめ、こう言った。

「私はね、とっても現実的な人間なの。悪いけど、あの世やら幽霊やらには、いっさい興味はございません」

「ぼくだってついこのあいだまで、幽霊なんて信じてなかった。だけど、ぼくはじっさい、ゴローさんに会ったんです」

ムキになって訴える吾郎に、彼女は冷ややかに言った。

「証拠は？」

「証拠？　うーん……そうだな。ゴローさんは色白で、さらさらの長髪で、一見ミュージシャンふうのカッコいい若者で……」

「そんなの、写真や診療記録を見れば、わかるじゃない」

「それじゃあ、ゴローさんとぼくが交わした会話を、再現しましょうか？　まず、一夜目ですが……」

「もう、たくさんよ」

彼女はすでに、聞く耳を持たなかった。

「お願いです。信じてください！　ゴローさんは必死なんです」

そう言いながら、吾郎は自分自身が必死になっていることに気がついた。そして、そんな自分を不思議に思った。いままでぼくは、他人のためにこれほど一生懸命になったことがあるだろうか、と。

けれども、さくらさんの反応はつれなかった。

「前からうすうす感じてはいたけれど、頭がいい人には変人が多いっていうのは、ほんとうなのね」

「失礼な！」

吾郎はつい、カッとなった。

「あらっ、気にさわったかしら？　でもね、あなた。いまさら六年前の話をしたって、はじまらないじゃない。私はいつだって、前を向いて生きているの。きょうとあしたのことで精いっぱいで、過去をふり返る余裕なんてないのよ」

「………」

吾郎は言葉につまった。

「おかあさん」

そこへ、髪の毛を肩まで伸ばした女の子が現れた。見たところ、ルミとレミより少し年下だろうか。

母親のそばへ寄ってきた女の子を見て、吾郎は「ふう」とため息をついた。

――なるほど、前向きね。もうとっくに別の人と結婚して、子どももいるっていうことか……。まあ、むりもないよな。ゴローが死んでから六年もたっているんだから。

吾郎はなんだか、とてもむなしい気持ちになった。

――ゴローには申しわけないけれど、たしかに、新しい人生を歩んでいる彼女にこれ以上お願いしたって、しょうがないじゃないか。

すっかりあきらめムードになり、そろそろ退散しようかと思っていると、女の子が自分に近寄ってきた。

「おじさん、なにしにきたの？」

子どもの顔を見て、吾郎はハッとした。

てっきり女の子と思いこんでいたが、じつは男の子だったのだ。そして、そのすずしげな目は……なんと、ゴローにうり二つではないか！

「ゴロー、あっちへ行ってなさい。もうすぐごはんだから」

さくらさんの言葉に、吾郎はもう一度びっくりした。

――ゴロー！　だって？

ぼう然と立ちつくす吾郎に、さくらさんはつれなく言った。

「私は忙しいの。悪いけど、これ以上あなたのお相手をしてるヒマはないわ」

さっさと帰るようながされ、吾郎はようやく口を開いた。

「あの……もしかして、ゴローの……」

吾郎の質問を、彼女はぴしゃりと封じた。

「気安くゴローなんて、呼ばないで」

「もう少しだけ、話を聞いてください」

ようやく事情がのみこめてきた吾郎は、このままでは引き下がれないと思った。しかし、さくらさんは取り合おうとしない。

「いいから、もう帰ってちょうだい」

「あと三分でいいから、ゴローさんの話を……」

なんとか粘ろうとする吾郎に、彼女はさらにきびしく迫った。

「こう見えても、私は空手二段なのよ。それともあなた、警察のお世話になりたい？」

さくらさんは、むりやり吾郎を外へ追い出すと、玄関の扉をバタンと閉めた。

ゴローのひみつ

「……そうだったのか」

　Tシャツに短パン姿の男が、うなずいた。

「まあ、そういうことサ」

　ブルーのパジャマ姿の男も、うなずいた。

　八月二十一日、土曜日の午前2時。帝都大学病院・分院の中庭にたたずむ二人の若者……いや、一人の若者と一人の若い幽霊は、いつものようにフェニックスの木の下で、話しこんでいた。

「いやー。とにかくもう、びっくりだよ。まさかきみに、息子がいたなんて」

　吾郎が、恐れ入ったという顔をして言った。

「おれだって、さくらが自分の子を身ごもっていたと知った日にゃあ、あの世でひっくり返ったよ。オー・マイ・ゴッド！　ってね」

　目を白黒させながらうしろへ倒れるふりをして、ゴローがおどけてみせた。

「それまでまったく、気づかなかったのか？」

「あの子は、おれが死んだ九か月後に生まれたんだ。さくら本人もおれが生きているあいだは、気づいてなかったと思うよ」

「そうか……。でも、さぞかし心残りだろうな。わが子に対面すらできず、あの世へ行ってしまうとは」

めずらしく、吾郎が神妙な顔をした。

「大丈夫、生まれたその日から、おれはずっとあの子を見守っているから。ちょっと過保護なくらいにね、ハハ……」

しめっぽくなりかけた空気を吹きとばすように、ゴローが笑った。

「それより、考えてもみなよ」

ゴローの目が、少しうるんだように見えた。

「さくらはまだ若かったから、いくらでもやりなおすことができたはずだ。あんたもよくわかっただろうけど、彼女はああいう性格だからね。おれのことはきっぱり忘れて、また新たな道を歩んでいくだろう、と思っていた」

「それなのにさくらさんは、きみの子を産もうと決心した」

「そして、いまも女手一つで、おれの子を育てている……。ああ、おれほど幸せな幽霊なんて、そうはいるもんじゃない」

　命を落としてまでも自分は幸せだと言いきるゴローを前にして、吾郎は複雑な思いにかられた。

　――ぼくはこれまでわき目もふらず、エリート街道を突っ走ってきた。でも、自分が追い求める先にあるのは、はたしてほんとうの幸せなんだろうか？　それとも……。

「おっと、感傷的になってる場合じゃないよな」

　しばし物思いにふけっている吾郎に、ゴローが話しかけた。

「おれのたった一つの心残りは、おふくろがいまだに知らないでいることサ。この世に自分の孫がいるっていう事実を」

「さくらさんは、きみのおふくろさんに何も言わなかったんだね」

「ああ。さくらの気持ちもよくわかるよ。おふくろに伝えるきっかけを失ったまま、きょうまで来ちゃったんだ」

「でも、おふくろさんがこのまま知らずに終わってしまったら、あまりにさみしいね」

「だから……よかったら協力してくれないか？　さくらに、おふくろに会う勇気を与えてほしいんだ」

「わかった、協力しよう」

吾郎は力強く答えると、ゴローに向かって右手をさしだそうとした……が、途中であわててひっこめた。

ゴローは笑顔でうなずいた。

「ありがとうよ。それじゃあまず、考えなくっちゃな。どうやって、さくらを説得したらいいものか」

「なんとかしてさくらさんに、ぼくの話を信じてもらわないと」

それから二人はフェニックスの木の下で腕組みをして、「うーん」とうなっては、あれやこれやとアイディアを出し合った。しかし、さくらさんを信じさせるような妙案は、そうやすやすと浮かんでこない。

「ダメだ。どう考えたってぼくの話だけじゃ、さくらさんは納得しないよ」

吾郎がため息をついた。

「そんなこと言うなって。さくらを説得できるのは、あんたしかいないんだから」

ゴローも困りはてた顔をしている。

「彼女みたいに現実的な人を納得させるには、何か決定的な証拠が必要だろう」

「証拠か……」

「ほんの一瞬でいいから、彼女の前に姿を現すことはできないのか？」

「それができたら、とっくの昔に思いをとげているサ」

「そりゃあ、そうだ」

吾郎は肩をすくめた。

「まずいな」

ゴローが、東の空を見て言った。

「そろそろ、制限時間いっぱいか？」

「そのようだ」

「きょうは土曜日だったっけ？　平日よりだいぶ余裕があるから、仕事をしながら考えてみるよ」

吾郎がそう話しかけると、ゴローはぽつりとつぶやいた。

「しかたがない……」

「元気を出しなよ。夕方になったらぼくはもう一度、さくらさんを訪ねてみる。できるかぎり、彼女を説得してみよう」

吾郎が励まそうとすると、ゴローはまたボソッと言った。

「こうなったら、奥の手を使うしかない」

ゴローの思わぬ発言に、吾郎の目がキラリと輝いた。

「なにかいい手があるのか？」

「ああ、一つだけ。これだけは、あんたに話したくなかったけれど……」

「教えてくれ。もし、可能性があるんだったら」

吾郎の真剣な目を見て、ゴローはうなずいた。

「では、これからおれの秘密を、あんたにバラそう」

「ひみつ？」

「だれにも漏らしたことのない秘密だ」

「きみのトップシークレットというわけか」

「そう。秘密を知っている人間は、この世にたった一人しか存在しない」

「その一人とは……」

「もちろん、さくらサ」

「もしその秘密を知っていれば、さくらさんはぼくがきみに会ったことを、信じてくれるかな？」

「たぶんな」

「じゃあ、早く教えてくれ。きみの秘密を」

「その前に、絶対に笑わないと約束できるか？」

「こんなまじめな話をしているときに、笑うやつがいるものか」

「絶対だぞ」

「わかった。早くしないと、一番ドリが鳴くよ」

「じゃあ、耳を貸せ」

だれも聞いちゃいないのに、ゴローは吾郎の耳もとで、声をひそめてささやいた。

秘密をうち明けると同時に一番ドリが鳴き、青白い頬をほんのり赤く染めたゴローは、

「たのむぞ」と言い残し、消えていった。


土曜日の日中、吾郎は病棟で働きながら、いくどとなくニヤついた。

絶対に笑わないと約束したくせに、ゴローのうち明け話を思い出すたびに頬の筋肉がゆるんでしまい、どうしようもないのであった。

「あーら、青山センセ。きょうはまたずいぶんと、ご機嫌ね」

ナースステーションで点滴薬を詰めていた看護主任が、吾郎ににじりよってきた。

「いえ、べつに……」

しまった、おれとしたことがうかつにもスキを見せてしまったか、と思いながら吾郎は後ずさりした。

「なにかいいことでも、あったのかしら？」

吾郎を見つめる主任の目が、ハートマークになっている。

「あっ、忘れてた！　佐藤さん、抗生剤投与の時間だった」

吾郎はわざとらしく腕時計を見ると、点滴セットをのせたトレイを手にし、あわてて患者の部屋へ向かった。


午後3時に仕事から解放されると、吾郎はふたたび京成線に乗って、堀切菖蒲園へと向かった。

土曜の夕方とあって、ほとんどの工場は稼働しておらずシャッターが閉まっていたが、そのかわり道端のそこここで、子どもたちが元気よく遊んでいた。

吾郎は、途中の店で買ったタイ焼きをほお張りながら、『クローバーハイツ』目指して歩いていった。

しかし……205号室はひっそりとして、何度チャイムを鳴らしても返事がない。ツクツクボウシの鳴き声が、聞こえるばかりである。

——さくらさんは土曜日も仕事なんだろうか？　それとも、息子を連れてどこかへ遊びにいっちゃったかな？

吾郎はしばらくのあいだ、さくらさんの部屋の前で途方に暮れていたが、やがて腹をくくった。ゴローの願いをかなえるため、ここは彼女が帰ってくるまでとことん待ってやろうじゃないか、と。

——アパートの前でうろついていたらあやしまれるから、とりあえず喫茶店で時間をつぶすか。

いったん駅まで引き返そうと、吾郎は階段を下りはじめた。すると、階下で「キー」と、自転車のブレーキ音がして、子どもの声が聞こえてきた。

あわてて階段をかけ下りると、はたして自転車置き場には、さくらさんとその息子の姿があった。

さくらさんは、後方のチャイルドシートから息子を抱きかかえて降ろすと、タオルで汗をぬぐい、前のカゴから大きな買い物袋を取り出した。そして息子と並び、こちらへ向かって歩きだした。

「あっ、きのうのおじさんだ」

階段の前に立っている吾郎に、ゴロージュニアがいち早く気がついた。さくらさんは驚いた顔で、こちらを見ている。

「こんにちは」

吾郎は二人にあいさつしたが、彼女はまゆをひそめ、だまっている。

「なにしにきたの？」

ジュニアが前へ進み出て、いっちょまえに長い髪をかき上げながら言った。

「いいから、こっちへ来なさい」

さくらさんが息子を自分のほうへ引き寄せると、吾郎は話しはじめた。

「何度もおじゃまして、すみません。でも、どうしてももう一度、話を聞いてほしくて」

すると彼女は、吾郎にいどみかかるように言った。

「これ以上つきまとうと、ほんとうに警察を呼ぶわよ」

そうはさせじと、吾郎は必死に話をつないだ。

「その前に、ちょっと聞いてください。ぼくは、ゴローさんの秘密を知っているのです」

「秘密ですって？」

「そうです。あなたしか知らないゴローさんの秘密を、ぼくはけさ、本人から直接聞いてきたのです」

「そんな話、信じられ……」

さくらさんをさえぎるように、吾郎が大声を張り上げた。

「ゴローさんはあなたの前で、おねしょをしましたね！」

一瞬、三人はストップモーションのようにその場に固まった。そして次の瞬間、口を開いたのはゴロージュニアであった。

「ぼく、おねしょしてないもん」

「ごめん、ごめん。きみは、おねしょなんかしないよね。ぼくは、きみのお父さんの話をしているんだ」

吾郎は、顔を赤くして抗議するジュニアをなだめるように言った。

「おとうさん？」

ジュニアが母親の顔を見た。吾郎も息をのみ、彼女の言葉を待った。

さくらさんはしばし思案顔をしていたが、やがてやさしく息子に言った。

「さあ、おうちに入りましょう」

ジュニアが歩きはじめると、彼女は吾郎に声をかけた。

「よかったら、どうぞ」

胸の内で「やった！」と叫ぶと、吾郎は二人のあとについて、ふたたび階段を上がっていった。

さくら宅へ上がった吾郎は、ダイニングキッチンのいすをすすめられた。

買い物袋の中からミスタードーナツの紙袋を取り出し、息子に一つ与えると、さくらさんは吾郎にきいた。

「あなたもいかが？」

「ありがとうございます。いただきます」

二人分のコーヒーをいれ、吾郎と向き合って腰かけると、彼女は自分から話しはじめた。

「たしかにあの人は、私の前でおねしょをしたわ。三度ほどね」

吾郎は満足そうに、うなずいた。

「最初のときなんか、私はホントにもうびっくりしちゃって。朝起きたら、ふとんがびしょびしょなんですもの」

「それは、驚きますよね」

「夜中に大雨が降って、床上浸水したのかと思ったわよ。大のおとながおねしょをするなんて、考えたこともなかったから」

「ゴローさんには悪いけど、ぼくも思わず笑ってしまいました」

「だけどそんな話、どこから仕入れてきたの？」

さくらさんの言葉に、吾郎の笑顔はとたんにこわばった。

「まだ信じてくれないのですか？　ゴローさんの幽霊から直接聞いたと、言っているでしょう！」

吾郎は憤慨して言った。

「幽霊なんて、まさか」

さくらさんは、首を振るばかりである。ここは冷静にならなくてはと自分に言い聞かせ、吾郎は彼女に語りかけた。

「いいですか？　よーく、考えてくださいよ。もしも、あなたがおねしょをしたとしたら、あなたはそのことを、だれかに話しますか？」

「だれにも話さないわ」

「でしょう？　そんな恥ずかしいこと、ゴローさんが他人に話すわけがない」

「そうでしょうね」

「ということは、ゴローさんがおねしょをしたことを知っているのは、この世でたった二人――あなたと、このぼくです」

「……そうかもね」

「ゴローさんは恥をしのんで、ぼくに秘密をうち明けたんですよ。あなたに、ぼくの話を信じてもらいたいがためにね。ゴローさんはあなたと息子さんを、お母さんに会わせたい一心なんです」

吾郎の必死の説明にもかかわらず、彼女はふたたび首を横に振った。

「でもやっぱり、信じられない。あの人の幽霊が現れたなんて」

「じゃあ、いったいどうすれば信じてくれます？」

さくらさんは、少し考えてから言った。

「これからあなたに、いくつか質問するわ。ちゃんと答えてちょうだいね」

「もちろんですとも」

「あなたはどこで、ゴローの幽霊に会ったの？」

「分院の中庭で」

「ゴローの姿は、あなたにしか見えないの？」

「そうです」

「あの人は毎夜、現れるの？」

「ええ、フェニックスの木の下に」

「何時ごろ？」

「午前1時から3時のあいだ」

「わかったわ。じゃあ今夜、私は分院へ行く」

「えっ？」

意外な展開に、吾郎は驚いて彼女を見た。

「今夜は私も、あなたたちといっしょにいる。この目で確かめなくちゃ、絶対に信じられないもん」

「でもたぶん、あなたにはゴローさんの姿は見えませんよ」

「たとえ姿が見えなくても、ゴローがそこにいるっていう雰囲気は、感じられるかもしれないわ」

「ほかの人といっしょでも、ゴローは現れてくれるかなあ……」

吾郎がつぶやくと、今度はさくらさんが憤慨して言った。

「失礼なこと言わないで！　私はゴローのいちばんの理解者だし、いまでもあの人の子を育てているのよ。私がいるからって、あの人が現れないわけないじゃない」

「それは、そうかもしれないけど……」

えらいことになったな、と吾郎は思った。

「あなたがゴローと話している姿も、見てみたいしね」

「だけど、たとえゴローさんが現れても姿が見えないとしたら……あなたには、ぼくがバカなひとり芝居をしているように見えるだけでしょう」

「あなたの芝居くらい、見抜けるわよ。ねえ、いいでしょう？　今夜、私もいっしょにいさせて」

「でも、重症患者の家族でもないのにそんな時間にやってきたら、あやしまれますよ。近ごろは病院も、警戒が厳しいですから」

困った顔をしている吾郎に、さくらさんは自信たっぷりに言った。

「けっこう気が小さいのね。そんなこと心配しなくたって、大丈夫よ」

「気が小さい？　ぼくはあなたのことを心配して、言っているんですよ」

吾郎はムッとした。

「まかせてよ。六年前、毎日通いつめてゴローを看病したんだから、あの病院の勝手はよくわかっているわ。裏口だって知ってるし」

「しかしなあ……」

まだ迷っている吾郎を尻目に、彼女はさっさと段取りを決めはじめた。

「さて、そうと決まったら、さっそく母に電話しなくちゃ。今夜、あの子をあずかってもらうんだ」

そして、さくらさんは有無を言わせず、待ち合わせの時間と場所を吾郎に告げた。

「じゃあ、今夜12時半、分院の裏口通りにあるセブン‐イレブンでね。ちゃんと迎えにきてちょうだいよ！」

真夜中のピクニック

八月二十二日、日曜の午前0時半。セブン‐イレブンで待ち合わせた吾郎とさくらさんは、帝都大学病院・分院へと向かった。

「早く！　いまだったら、だれも見てない」

分院の裏口で、吾郎は左右を何度も確認し、さくらさんを招き寄せた。

「医者のくせしてけっこう臆病《おくびょう》なのね。こんな時間に、だれもいるわけないじゃない」

リュックを背おったさくらさんはそう言って、堂々と裏門をくぐった。

「患者の家族でもない人を無許可で院内へ入れたことがバレたら、ぼくが責任を問われるんですよ」

吾郎はふくれっ面をして言った。

「はい、はい。わかりました」

さくらさんが笑って返事をした。

「シッ、声が大きい……。こっちですよ。ここを通っていけば、だれにも見られずに中庭まで行ける」

病棟と病棟のあいだの、人ひとりがやっと通り抜けられるほどのすき間を、二人は進んでいった。

「六年前、ずいぶん病院内を歩きまわったけど、さすがにこんな抜け道があるとは知らなかったわ」

暗やみのなか、さくらさんは吾郎についていった。

「ところどころ溝があるから気をつけて。慎重に歩かないと、足をくじきますよ」

「くじいたって大丈夫。ここは病院だもの」


フェニックスの木の下に到着したのは、0時40分だった。

「まだ少し、時間があるな」

腕時計を見て、吾郎がつぶやいた。

するとさくらさんは、やおらリュックの中からレジャーシートを引っぱり出し、フェニックスの木の下に広げはじめた。

「ちょっと待ってください。ゴローさんはいつも木の真下に現れるから、少し離れたところに座ったほうがいいかもしれない」

そこで二人は十メートルほど離れた草地へ移動し、ピングーのイラスト入りのシートを広げた。そして二人並んで、フェニックスの木に向かって座った。

さくらさんが吾郎のとなりで、なにやらごそごそ始めたと思ったら、リュックの中から大小さまざまのタッパウエアが出てきた。彼女は慣れた手つきで次々と、容器のフタをはずしてゆく。

あっという間に二人の前に、豪勢なフルコースが並んだ。

「はい、どうぞ」

目を丸くしている吾郎に、さくらさんが言った。

「差し入れよ。何かの本で読んだけど、研修医って忙しすぎて、ふだんろくなもの食べてないんでしょう？　店屋物とか、自動販売機のパンとか……」

「これ全部、さくらさんが？」

「そうよ。こう見えても料理には、自信があるんだ。暗くてよく見えないのが残念だけど、彩りもいいんだから」

「すごい」

思わず吾郎は、よだれをぬぐった。

「真夜中のピクニックってとこね。さあ、食べましょう」

「……かたじけない」

「へんなことを言う人ね。かたじけないじゃなくて、いただきますでしょう？」

さくらさんが笑った。

「では、えんりょなくいただきます！」

欠食児童のようにがっつく吾郎に、彼女は紙コップをさしだした。

「ワインで乾杯、といきたいとこだけど、麦茶でがまんね。酔っぱらったら、ゴローに申しわけないから」

——信じられないと言いつつも、彼女はゴローが現れることを期待しているのかもしれないな。

さくらさんの言葉に、吾郎はちょっぴり不安になった。

——彼女といっしょでも、ゴローは姿を現してくれるだろうか？　それに、ひょっとしたら……ぼくがさくらさんお手製の料理をごちそうになったりして、ゴローは怒ってるんじゃなかろうか？

腕時計の針が、1時を指した。

しかし……そこに現れたのはゴローではなく、ノラネコたちだった。ゴローに出会って以来、彼らの姿を見るのは、はじめてである。

黒、トラ、ブチ……。三匹のノラネコはどこからともなく姿を現し、二人のまわりに集まった。むろん、食べ物をねだりにやってきたのだ。

「はーい、あなたたちもどうぞ」

さくらさんは三匹のノラネコに気前よく、イワシ入りのさつま揚げや、かじきのソテーを与えた。

「だめですよ、甘やかしちゃ」

あー、もったいねえなあ、と思いながら吾郎は言った。

「いいじゃないの。ネコたちもあなたと同じで、おなかをすかせているのよ」

「でも、ここは病院ですから……」

「あらーっ！」

さくらさんの声が突然、一オクターブ上がった。

「どうかしました？」

「思い出したわ。ほらっ、このブチくん」

「ああ、そいつは常連ですよ」

「ニャーオ」と、甘え声でおかわりをねだるブチを横目で見ながら、吾郎は言った。

「ブチくん、六年前もここにいたのよ。なつかしいなァ。あのころは、まだほんの子ネコだったけど」

「えっ、中庭に出ていたんですか？　病院のスタッフだって、ここには来ないのに」

「ゴローが突然倒れて、私はものすごくショックだったわ。必死で看病したけれど、あの人の状態が悪いことは、だれの目にも明らかだった。もう気分が落ちこんで、落ちこんで、どうにもしようがなくってね」

「それは……そうでしょうね」

「そんなとき、この子に出会ったの。この子を見ていたら、なんだか私、とても心が休まったんだ。だから、かってに『ブチくん』って名前つけて、ときどき中庭に出てはミルクをあげていたの」

「そうだったんですか……」

彼女が元祖ノラネコの甘やかし犯だったと知り、吾郎は複雑な気分であった。

「ありがとう、ブチくん。あなたのおかげで、私はとってもなぐさめられた。そして、勇気づけられたのよ。がんばって生きていかなくちゃって」

かじきのソテーをほお張るブチくんの頭を、さくらさんはいとおしそうになでた。吾郎はだまって、そんな彼女の姿をながめていた。

「あらっ、さっきより勢いがなくなったわね。どんどん食べないと、ネコにおいしいとこ持ってかれちゃうわよ」

吾郎のほうを向きなおり、さくらさんが言った。

「はい、いただきます」

カレー風味の煮込みハンバーグと俵形のおにぎりを交互に食べ、麦茶を飲んでひと息つくと、吾郎は彼女に話しかけた。

「ちょっときいても、いいですか？」

「どうぞ」

「ゴローさんを看病していたとき、彼のお母さんといっしょだったんですか？」

「そうね……」

さくらさんは遠くを見るような目をして、語りはじめた。

「ゴローが緊急入院した夜、私はいったんあの人のアパートに戻って、実家の住所を探したの……。苦労したわよ。なにしろあの人はまる三年、お母さんに会っていなかったんだから。部屋のすみからすみまで三時間ひっかき回したあげく、やっとお母さんからの手紙を一通見つけたんだ。引き出しの奥のほうで、くちゃくちゃに丸まっていたわ」

「大変だったんですね」

「すぐに甲府の実家に電報を打ってね。翌朝、お母さんが病院にかけつけてからは、二人でゴローを看病したの。交替で休みをとりながら」

「お母さんとは、お話ししたのですか？」

「二人きりですもの。いろいろ話したわ。東京へ出てきてからのゴローの生活とか、最近の活動とか……。もちろん、私たちがつきあっていたこともね。いまさら隠したってしょうがないし」

「じゃあけっこう、うちとけた雰囲気だったんですか？」

「うーん、微妙だな。状況が状況だから、やっぱり落ちついて話せる感じではなかったのよね。七日目にゴローが意識不明になってからは、親族が続々とつめかけてきて、私はなんだか居場所がなくなっちゃったし」

「思い出したくないでしょうけど、お葬式は？」

「もちろん、出席したわよ。中央本線に乗ってひとり、甲府まで行ったの」

「そうですか」

吾郎はしんみりと、うなずいた。

「その日以来、私はお母さんに会っていない」

「…………」

「あらっ、ごめん。しめっぽくなっちゃったわね。さあ、若いんだからどんどん食べて」

そう言ってさくらさんは、まだ箸のついていないタッパを手に取り、吾郎にすすめた。しかし吾郎は、なかなか食べようとしない。

「煮物は嫌い？」

用心深そうに容器の中をさぐりながら、吾郎がきいた。

「シイタケは、入ってないでしょうね？」

すると彼女は、大声で笑いだした。

「アッハッハ……。シイタケが嫌いなんだ」

「なんで笑うんですか？」

「だって、アハハ……うちのゴローもシイタケが大嫌いなんですもの。あー、おかしい……。安心してちょうだい。私の料理はぜーんぶ、シイタケ抜きよ」

「お子さまといっしょにしないでください。ぼかあ、大人なんですから」

吾郎はまた、ふくれっ面をした。

「ちがうの、ちがうの！　お父さんゴローもあなたといっしょで、シイタケが大の苦手だったのよ」

「マジですか？」

「ほんとうなのよ。なんだか偶然とは思えないな。医者とミュージシャンじゃ正反対の人種みたいだけど、名前といい、食べ物の趣味といい、あなたとゴローには何か共通点があるのかもね」

「そうか……。前からうすうす感じてはいたけど、やっぱり彼はミュージシャンだったんですね」

「そうよ。東京へ出てきてからずっと、昼間は工場で働いて、夜はクラブやライヴハウスで演奏していたの。亡くなる二年前からあるバンドのリーダーになって、ギターとヴォーカルを担当していた」

「へぇー、本格的ですね」

「ずいぶん苦労したけど、やっと人気が出てきてね。メジャーデビューが決まったときは、それはもう喜んでいたわ」

「えっ、そんなに実力派だったんですか？」

いつぞやの夜、ゴローの前でヘタクソな歌をうたったことが思い出され、吾郎は急に恥ずかしくなって赤面した。

「来る日も来る日もスタジオにこもって、寝る時間も惜しんで音作りに熱中していたわ。そしてついに、念願のオリジナルアルバムを完成させたの。でも……むりをしすぎたんでしょうね。その一週間後に、あの人は倒れてしまった」

「志なかばにして、いってしまったのか……。さぞかし残念だったろうな」

「でもね、アルバムはちゃんと発売されたの。大ヒットってわけにはいかなかったけれど、いまでも根強い人気があってね。ちょっと大げさだけど、知る人ぞ知る幻の名盤っていう感じかな」

「ぼくも今度、聴いてみます」

「よかったら聴いてみて。きっとゴローも喜ぶわ。じつを言うとね、私はあれからずっと、聴く気になれなかったんだ。最近になってやっと、落ちついた気分で聴けるようになったところよ」

「それにしても、あなたはどうして……。いや、こんなことをきいたら失礼か」

「なに？　途中まで言いかけたんだから、ちゃんと最後まで言いなさいよ。気になるじゃないの」

「えーと、ですね。つまりその……あなたはどうして、ゴローさんの子を産もうと決心したのですか？」

　他人の人生なんか知ったこっちゃないはずの自分が、なぜこんなことをたずねるのだろう、と思いながら吾郎はきいた。

「なんだ、そんなことか。ちっとも失礼じゃないわよ。答えはカンタン――あの人を愛していたからよ」

吾郎はだまってうなずいた。

「私はあの人のギターと歌声に、ぞっこんほれ込んだの。あんなふうに歌える人は、ゴローのほかにはいない」

「そうですか、そこまで……」

「照れるじゃない。これ以上言わせないで」

「どうも失礼しました」

吾郎はさくらさんから視線をそらし、腕時計を見た。時計の針はいつのまにか、2時を回っていた。

「おそいなあ」

ほんとうにゴローは現れるだろうか、と吾郎はますます不安になった。

「とにかく3時まで、待ちましょう」

さくらさんは落ちつきはらった口調でそう言うと、なにやら感慨深げに「ふうっ」とため息をついた。

「それにしても、不思議ねえ」

「不思議？」

「だってきょう八月二十二日は、ゴローが亡くなった日よ。まさかあの人の命日にここに来るなんて、思いもよらなかった」

さくらさんの言葉に、吾郎はハッとした。

カルテの記載によれば、ゴローの入院期間はたしか、六年前の八月十日から二十二日だったはずだ。そして、思い起こせば自分がはじめてゴローに会ったのは、八月十日の未明であった。

ということは、もしかするとゴローは……。

そのとき――二人のまわりでうろついていた三匹のノラネコがいっせいに「ギャー」と鳴き、われ先に逃げだした。

気がつけば、フェニックスの木の下に、ギターを抱えたゴローが立っていた。

フェニックスの木の下で・パート2

午前2時20分。待ちわびていた二人の前に、いよいよゴローが姿を現した。

フェニックスの木の下の特設ステージに立ち、十二弦ギターをチューニングするその姿は、正真正銘プロのミュージシャンだ。

「どうしたの？」

さくらさんが、フェニックスの木のほうを一心に見つめている吾郎に、問いかけた。

「現れた。ついにゴローが、現れたよ」

「私には、見えないわ」

「きょうはギターを持っている。きっとぼくたちのために、歌ってくれるんだ……」

「やあ、吾郎。ひさしぶりだな、さくら」

ゴローが二人に向かって、話しかけた。

「聞こえるかい？　ゴローの声」

吾郎がさくらさんにきいた。

「いいえ……聞こえない」

「悪かったな、待たせちまって。いろいろと準備をしてたもんでね」

ゴローが、吾郎に向かって言った。

「準備って？」

「あんたの作品を仕上げて、アレンジしていたのサ。うん、なかなかの出来ばえだ」

「ぼくの作品？」

さくらさんは、フェニックスの木に向かって話しかける吾郎の横顔を、じいっと見つめている。

「『フェニックスの木の下で』だ。覚えているだろう？」

「もしかして……きみを待っていたときに、即興で口ずさんだやつか？　あんなもの、歌とは言えないだろう」

「謙遜するなんて、らしくないな。あんたが作ったのは、立派な作品サ。ひょっとしたら、大ヒットするかもしれない」

「そうかな」

「歌詞をつけ加えて、曲を完成させたんだ。あんたのオリジナル曲だけど、共作者として、おれの名を連ねてもいいかい？」

「もちろんだとも」

「サンキュー。そんじゃ、これから歌うよ」

二人の会話、いや、吾郎の一方通行の会話にじっと耳を傾けていたさくらさんに、吾郎が興奮気味に伝えた。

「これからゴローが、ぼくと二人で作った曲を歌ってくれるって！」

さくらさんは、だまってうなずいた。

ステージ上でチューニングを終えたゴローは、二人の観客に向かって呼びかけた。

「レイディー・アンド・ジェントルマン！　たいへん長らくお待たせいたしました、ゴローです。きょうは一曲しか歌わないから、耳の穴をかっぽじって、よーく聴いてね。できたてのほやほやの新曲、まだ湯気が立ってるよ」

吾郎がうなずいた。

「それでは、聴いてください。吾郎とゴローが二人で作った記念の曲、『フェニックスの木の下で』」

「さあ、はじまる！」

吾郎が手をたたくと、さくらさんもフェニックスの木に向かって拍手した。

十二弦ギターの澄んだ音色が夜明け前の中庭に響きわたり、ゴローが歌いはじめた。

フェニックスの木の下で
ぼくは待つ
あの、ゆーれいやろうめ
おまえの正体、今夜こそ
あばいてみせるぞ

フェニックスの木の下で
ぼくは待つ
あの、ゆーれいやろうめ
おまえはなんだって、ぼくのまえに
あらわれやがった

そうさ、あいつはいけすかない
だけど、どうしてなんだろう
みょうに気になる、あいつの存在

ゴローの歌と演奏に、吾郎はわが耳を疑った。

まちがいなくあの夜、自分が口ずさんだメロディーだ。それなのに、いま目の前で演奏されているのは、とても同じ曲とは思えないほどすばらしい作品ではないか！

何気なくうたった鼻歌をこんな魅力的な曲に変身させてしまうなんて、ゴローは音のマジシャンだ、と吾郎は思った。

ゴローのヴォーカルとギターの魔術によって、『フェニックスの木の下で』はいま、新たな生命を吹きこまれたのである。

ゴローは、歌いつづけた……。

フェニックスの木の下で
おれは待つ
あの、エリートやろうめ
あんたの鼻を、今夜こそ
あかしてみせよう

フェニックスの木の下で
おれは待つ
あの、エリートやろうめ
あんたになんとか、おれの願い
つたえなくっちゃ

そうさ、あいつはいけすかない
だけど、たよりはあいつだけ
おれの思いを、とどけておくれ

ここまで歌ったところで、ゴローは吾郎を手招きした。

「ドクター青山！　プリーズ・シング・ウィズ・ミー」

躊躇している吾郎に、さくらさんがきいた。

「どうしたの？」

「ゴローが、いっしょに歌おうって」

ゴローがもう一度、吾郎を呼んだ。

「カモン、吾郎。さあ、こっちにおいでよ」

吾郎は立ち上がり、ステージへ向かった。間奏のソロ・ギターを爪弾《つまび》きながら、ゴローが吾郎に声をかけた。

「歌詞を教えるから、いっしょに歌おう」

「わかった」

吾郎はうなずいた。

フェニックスの木の下で
きょうも会おう
気がつきゃ、二人はいいコンビ
力を合わせりゃ、きっときっと
思いはとげられる

吾郎が歌いはじめると、ゴローは高音のパートへ移り、ハーモニーをつけた。ゴローの歌声とギターにサポートされ、吾郎ははにかみながらも懸命に歌った。

さくらさんはほほ笑んで、吾郎が歌う姿を見守っている。

そうさ、あんたに会えてよかった
サンキュー、マイ・フレンド、マイ・フレンド
グッドバーイ、マイ・フレンド、マイ・フレンド

「さあ、もう一度最初から、歌おうぜ！」

「オーケー！」

フェニックスの木の下で
ぼくは待つ……

吾郎はもう、ちっとも恥ずかしくなかった。

フェニックスの木の下でゴローと二人、顔を見合わせながらリズムをとり、声の限りに気持ちよく歌った。

さくらさんも立ち上がり、笑顔で手拍子をとっている。

そうさ、あんたに会えてよかった
サンキュー、マイ・フレンド、マイ・フレンド
グッドバーイ、マイ・フレンド、マイ・フレンド……

最後のコーラスを三度くり返し、エンディングのギターが鳴り止むと同時に、ゴローは叫んだ。

「サンキュー！」

吾郎はゴローと並び、さくらさん一人の観客席に深々と頭を下げた。さくらさんは二人に向かって、さかんに拍手を送っている。

ゴローは頭を上げるともう一度、彼女に呼びかけた。

「サンキュー、さくら。愛してるよ！」

そしてゴローは、拍手を続ける彼女へ向かって、すべるように歩きだした。フェニックスの木を離れたとたん、ゴローの影がうすくなるのを、吾郎は見た。

いまやほとんど透明になったゴローの影は、さくらさんと向き合った。さくらさんは拍手をやめ、じっと前方を見ている。

吾郎はフェニックスの木の下で、二人の姿をそっと見守った。

一瞬、時が止まってしまったような夜明け前の静けさのなか、ゴローとさくらさんは身じろぎもせず見つめ合っていた。すべてを許し合った恋人たちが、互いの変わらぬ愛を確認するかのように。

さくらさんが目を閉じると、ゴローはそっと、自分のおでこを彼女のおでこにくっつけた。その瞬間、彼女はかすかにほほ笑んだように見えた。

やがて、ゴローの影はさくらさんの背後に回り、彼女の肩をやさしく抱いた。

——そのとき一番ドリが鳴き、ゴローの影はさくらさんの肩を抱きながら消えていった。彼女のぬくもりを惜しむように、ゆっくり、ゆっくりと……。

ゴローがすっかり消えるのを見とどけると、吾郎はフェニックスの木を離れ、さくらさんのところへ戻っていった。

さくらさんは、汗びっしょりになって顔を上気させている吾郎にタオルをさしだすと、開口一番こう言った。

「私、信じるわ!」

「ホントですか?」

吾郎はうれしくて、とび上がりたくなった。

「私には、ゴローの姿も見えなかったし、声も聞こえなかった。でも、たしかに感じたの。ゴローは私の心の中でずっと、あなたといっしょに歌ってた……。だから、信じるわ。あなたが話してくれたこと、ぜんぶ」

「ありがとう、さくらさん」

思わず彼女の手を握った吾郎は、全身に喜びがみなぎってゆくのを感じた。

——このさわやかさは、なんなんだ？

こんな気持ちになったのは、生まれてはじめてだ。最難関の医学部入試を突破したときも、教授や先輩たちを議論でうち負かしたときも、これほどうれしいとは感じなかった。

「それじゃあ、ゴローのお母さんに会ってくれますね？」

吾郎は、さくらさんにたずねた。

「ええ、やっと決心がついたわ」

彼女は、きっぱりと答えた。

「よかった」

吾郎はようやく、肩の荷が下りた思いであった。

「そうと決まったら、さっそくきょうの午後、出かけなくちゃ」

「さすがはさくらさん、行動に移すのが早い！　それではどうぞ、気をつけて行ってらっしゃい」

小鳥のさえずりが聞こえだし、あたりが徐々に明るくなってゆくなか、吾郎は満ち足りた気分で流れ落ちる汗をぬぐった。

「ねえ、もしよかったら……」

さくらさんがめずらしく、えんりょがちに話しかけてきた。

「なんですか？」

「あなたもいっしょに来てくれない？」

「えっ、なんだって？」

吾郎は驚いて、彼女の顔を見た。

「お願い、私たちについてきてちょうだい。私とあの子だけじゃ心細くて、とてもお母さんに会いに行けないわ」

さくらさんは真剣な顔で、吾郎に迫ってきた。

——やれやれ……。まだ、お役御免じゃなかったか。

どっと疲れが出て、吾郎はピングーのシートの上に、へなへなと座りこんだ。

六年目の「はじめまして」

八月二十二日、日曜の昼下がり。

新宿駅で待ち合わせたさくらさんとゴロージュニア、そして吾郎の三人は、特急『あずさ』に揺られ、一路山梨《やまなし》へ向かっていた。

それにしてもよく揺れる電車だな、と吾郎は思った。

乗り物酔いなどめったにしない吾郎だが、この三日間ほとんど寝ていないこともあり、気分はすぐれず、ぐったりした顔でシートに沈みこんでいた。

「お母さんはあなたの話、信じるかしら」

向かい側のシートに座ったさくらさんが、話しかけてきた。

「まさか。幽霊の話なんかしたら、あやしまれるだけですよ。さくらさんだってはじめは、ぜんぜん取り合ってくれなかったじゃないですか」

寝不足で赤くなった目をこすりながら、吾郎は答えた。

「おじさん、ゆーれいにあったの？」

窓から外の景色をながめていたゴロージュニアが、こっちを向いた。

「うん、そうだよ」

吾郎はジュニアに笑いかけた。

「ねえ、どんなゆーれい？」

「ゴロー、おとなしくしてなさい。お母さんたちは、大事なお話をしてるんだから」

さくらさんが、ぴしゃりと言った。

「あとでゆっくり、話してあげるからね」

吾郎は、なるべくやさしく言った。

「つまんないの」

大人たちに相手にしてもらえず、ジュニアはおでこを窓にくっつけた。

ルミとレミとは大ちがいで、なかなか聞き分けのよい子である。それとも、よほどお母さんがこわいのだろうか？

「そうよね。いきなりそんな話をされたって、信じられるわけないもんね。でも、そうだとしたら……あなたは研修医じゃないほうが、いいかもしれない」

さくらさんが、話を続けた。

「たしかに、赤の他人があなたたち親子についてきたら、不自然ですよね。ぼくだって、へンなふうに勘ぐられたくないし……」

　吾郎が同意すると、彼女は突如、こんなことを言いだした。

「わかった、こうしましょう。あなたは私の弟よ」

「弟？」

「あなたがこの子のおじさんだとしたら、いっしょについてきたって、おかしくないでしょう？」

「まあ、おかしくはないですね」

　やれやれ、またおじさんになってしまったか、と吾郎は心の中でつぶやいた。

「ゴロー、この人は『吾郎おじさん』よ。わかった？」

　母にそう言われ、ジュニアはふたたび吾郎のほうを向いた。

「ぼくとおなじなまえだね、おじさん」

「そうだね、ゴロー君」

　――お母さんに言われなくとも、この子は最初からぼくのこと「おじさん」って呼んでるじゃないか。

　と思いながら、吾郎はもう一度ジュニアに笑いかけた。

午後2時半に、『あずさ』は甲府駅に到着した。三人は駅前のロータリーで、タクシーに乗りこんだ。

ゴローのカルテから書き写してきた実家の住所を伝えると、運転手は吾郎にきいた。

「なんてお宅ですか？」

「菊地さんです」

「ああ、わかった。もとの菊地医院ね」

「菊地医院……？」

吾郎が口ごもっていると、さくらさんが代わって答えた。

「はい、そうです」

キツネにつままれたような顔をしている吾郎に、彼女が言った。

「そうか、話してなかったっけ。ゴローのお父さんは、お医者さんだったのよ」

「ホントですか？」

「町の開業医だったけど、あの人が高校生のとき急病で倒れて、そのまま亡くなったそうよ。私もそれしか知らないけどね。ゴローは家のこと、ほとんど話さなかったから」

「開業医……」

吾郎は後頭部にがーん、と一発くらったような気分だった。

──フェニックスの木の下でぼくは大見えを切り、「町医者などつまらん」と豪語した。あのとき、ゴローはいったいどんな気持ちだったろう？

吾郎はおのれの浅はかな発言を、いまさらながら悔いていた。


十分あまり走ると、タクシーは市街地を抜け、ゆるやかな勾配を上りはじめた。あたりの風景が、にわかにのどかになった。

「あっ、ぶどうだよ」

外の景色をながめていたゴロージュニアが、母親に向かって言った。

「わあ、ほんとう。たくさんあるわねえ」

見れば沿道のそこここに、ぶどう園が広がっている。そろそろ収穫期を迎えるのだろう。ぴちぴちした紫色のぶどうが、午後の陽光をいっぱいに浴び、鈴なりになっていた。

やがてタクシーは、丘の中腹で止まった。

もと菊地医院だったという平屋の建物は、こぢんまりとしていて、いかにも町の診療所らしい風情である。しかし看板ははずされ、あたりに人の気配もなく、現在は使われていないようだ。

そのさみしげな建物のすぐとなりに、菊地家はあった。

「うわー、すごいお屋敷ね」

「うん、立派だね」

三人の目の前に、どっしりした構えの瓦屋根《かわらやね》の家が現れた。いかにも格式高そうな、伝統的な日本家屋である。庭も広く、門から玄関まで三十メートルはありそうだ。

「このおうちに、あそびにきたの？」

ジュニアが、吾郎にきいた。

「うん、そうだ。でもね、遊びにきたんじゃなくて、ごあいさつにきたんだよ」

「どうしよう。なんだか私、とっても緊張してきた」

さくらさんはもう、居ても立ってもいられないようすである。

「ドント・ウォーリィ！　大丈夫サ。きっとうまくいく」

そう言いながら吾郎は、ゴローが自分に乗り移っているような気がした。

「だいじょうぶサ！」

ジュニアが吾郎のまねをして、母親を元気づけた。

吾郎は玄関の前に立つと、インターホンを押した。いかに家構えが古くとも、昔風にガラリと引き戸を開けて、「ごめんください」というわけにはいかないのだ。

「はい、どなたですか？」

女性の声で、返事があった。

すかさず吾郎は、インターホンに向かって言った。

「ごめんください。池内と申します」

「……どちらの池内さんでしょう？」

女性は、少々いぶかしげにきいてきた。昨今のご時世では、当然のことだろう。

押し売りや勧誘は一切おことわり、と思われては困るので、吾郎は頭の中で準備しておいたセリフを一気に吐きだした。

「お忙しいところをおじゃまして、申しわけございません。突然の話で恐縮ですが、亡くなられたご子息の件でお母さまにお伝えしたいことがあって、東京からやってまいりました。覚えていらっしゃいますか？　六年前、ゴローさんが帝都大学病院・分院に入院されていたときにごいっしょさせていただいた、池内さくらを」

「池内さくらさん……ええ、覚えていますよ」

女性が答えると、吾郎は間髪をいれず言った。

「私はさくらの弟の、池内吾郎と申します。あっ、ゴローさんと名前が同じなのは、たまたまです」

よけいなことを言っている場合じゃなかったと、吾郎はあわてて本題に入った。

「それはともかく……。六年間もごぶさたしたあげくにいまごろのこのこ現れるのは、まことに身勝手なことと重々承知のうえです。しかし、姉のさくらが是が非でもお母さまにお会いしたいと申しておりまして、本日、姉と共にうかがった次第です」

用件を伝え終えた吾郎は、かたずをのんで応答を待った。数秒間の空白ののち、女性の声が返ってきた。

「……そうですか。それはどうも、ごていねいに。では少し、お待ちください」

とりあえずゴローの母に面会できることになり、吾郎はホッと胸をなで下ろした。ひたいからふき出た汗をぬぐうと、吾郎は後方に控え、心配そうにようすをうかがっているさくらさんに、ＯＫサインを送った。

しばらくすると錠をはずす音がして、先ほどの女性の声が聞こえた。

「どうぞ、お入りください」

扉が開くとそこに立っていたのは、ピンクのバラ模様のワンピースを着た、すらりとした婦人であった。

家の構えから、てっきり古風な女性が出てくるものと想像していたので、吾郎は少しばかり面食らった。自分の母親よりよほど若々しく、モダンな雰囲気ではないか。

「はじめまして。ゴローの母です」

そう言って、婦人はにっこり笑った。

「はじめまして。あお……っと、池内吾郎です」

あやうく名前を言いまちがえそうになり、吾郎は冷や汗をかいた——幸いゴローの母は、あやしんでいないようである。

「わざわざおこしいただいて、ありがとうございます。ちょうど一週間前に、あの子の七回忌をすませたところです。早いもので、あの子も生きていたら27歳。ちょうどあなたと同じ年ごろでしょうか」

「少し、ぼくのほうが年下ですけど」

またどうでもいいことを言ってしまったか、と吾郎は思った。

「こちらこそ、長いあいだごぶさたしてしまい、申しわけありませんでした。私もあれからときどき、あの方のことを思い出してはいたのですが……。六年なんて、あっという間ですねえ」

「ほんとうに、あっという間ですね」

神妙な顔をして、吾郎は相づちを打った。

「それで、お姉さまは？」

ゴローの母は言った。

「あっ、はい」

吾郎はあわててうしろをふり返り、さくらさん親子を呼び寄せようとした。

すると——いつのまにか自分のすぐうしろに、ゴロージュニアがちょこんと立っているではないか！

どうしようかと吾郎があせっている間に、ジュニアはするりと前へ進み出て、元気よくあいさつした。

「こんにちは！」

ゴローの母の顔色が、一瞬のうちに変わった。

「あなたは……」

まばたきもせず、じっと自分の顔を見つめている祖母に向かって、ジュニアはまたまた元気に言った。

「ぼく、いけうちゴロー」

「ゴロー……さん？」

「うん、そうだよ」

ジュニアは無邪気に答えた。

ゴローの母はゆっくりうなずくと、いったんジュニアから視線をはずした。そして、遠くのほうを見るような目をして言った。

「ゴロー……。おまえの子、なのね？」

そこへ、さくらさんが入ってきた。

「ごめんなさい。私、私……」

それだけ言うと、彼女はわっと泣きだした。

「どうしたの、おかあさん？」

心配そうに母親のそばへ寄ったジュニアに、吾郎は声をかけた。

「大丈夫だよ。お母さんはとってもうれしくて、思わず……泣いちゃったんだ」

そう言う吾郎の声も、つまり気味である。

「そうだったの……そうだったの、さくらさん」

いまやすべてを了解したゴローの母は、泣きじゃくるさくらさんの肩をやさしく、いたわるように抱いた。

「ごめんなさい……お母さん」

「私こそ、いままでなんの連絡もせずにごめんなさい。さぞかしつらかったでしょうね、さくらさん」

肩を抱き合う二人の姿に、吾郎の目頭は熱くなった。

遠い昔、祖母を亡くしたあの日から、けっして人前で涙を見せることがなかった吾郎……。重症患者が亡くなったときも、はたまた命をとりとめたときも、うるむことさえなかった彼の目から、いま涙があふれ出した……。

さくらさんはひとしきり泣くと、顔を上げ、晴れやかな笑顔を見せた。

「ゴロー、ごめんね。お母さん、もう大丈夫だから」

ゴローの母が、三人に呼びかけた。

「みなさん、きょうは遠くからおいでくださって、ありがとうございます。さあさ、どうぞ中へ入って、ゆっくり休んでいってくださいな」

三人は母のあとにつき、ゴローの生まれ育った家へ入っていった。客間に通されるなり、ジュニアが興奮気味に言った。

「あっ、おとうさんだ！」

客間の壁には、ステージで歌っているゴローのピンナップと、遺作となったCDが飾られていたからだ。

「いまだから話しますけど、私は何度もあの子のコンサートを聴きにいっていたのですよ。

ふふっ、サングラスをかけたり、あやしげな帽子をかぶったりして、身元がばれないようにしてね」

ゴローの母は、ちょっとおかしそうに話した。

「そうだったんですか」

さくらさんがまた、目をうるませた。

「いまさら言い訳をするようですが、私はあの子に医者になってほしいとは思っていませんでした。姉が二人おりますが、ゴローはたった一人の息子でしたから、親戚や町の患者さんたちはみな、あの子に菊地医院を継いでほしいと願っていました。けれどもあの子には、自分の夢がありましたから……。そしてついにある日、周囲からのプレッシャーに耐えかねて、ゴローは家をとび出したのです」

さくらさんと吾郎はうなずきながら、母の話に耳を傾けた。

「でも……私はあの子をそっとしておきました。家を出たからには、一流のミュージシャンになるまで帰れないっていう気持ち、痛いほどよくわかりましたから」

そう言って、彼女はほほ笑んだ。そのやさしい笑顔に、吾郎は大いなる母の愛を見た。

「ありがとう、さくらさん、吾郎さん。あの子の命日に、最高のプレゼントを……。はじめまして、ゴローちゃん。さあ、こっちへ来て、よーくお顔を見せてちょうだい」

　呼びかけに応じ、ゴロージュニアは祖母に近寄っていった。さらさらしたジュニアの長い髪をいとおしそうになでながら、彼女は言った。

「それにしてもあなたは、ゴローの小さいころにそっくりだわ。まるで、あの子の生き写しのよう」

「だってぼく、ゴローだもん」

「そうだったわね。ゴローちゃん」

「ゴロー。きょうからあなたには、新しいおばあちゃんができたのよ」

　ハンカチで涙をぬぐい、さくらさんが明るく言った。

「おばあちゃん？」

　不思議そうな顔をして、ジュニアが祖母を見た。

「あらっ、どうしましょう。私、おばあちゃんって呼ばれる心がまえ、ぜんぜんできてなかったわ」

　ゴローの母がさくらさんと吾郎のほうを向き、半分困った顔で笑った。

そして、夏は過ぎゆく

ゴローの母とさくらさん親子は、まだまだ話がつきないようだった。吾郎はひと足先に、おいとまることにした。

ふたたび『あずさ』に揺られ東京へ戻ると、吾郎はいったん家に帰り、夕食と仮眠をとった。そして「こんな時間に」とあきれ返る家人を尻目に、終電間際の地下鉄にとび乗った。

分院に到着したのは、午前0時半だった。

患者の容体を確認し、夜勤のナースに二つ三つ新たな指示を出すと、吾郎はすぐさま中庭へ向かった。もちろん、昨日のすばらしい出来事を、ゴローに報告するために。

夏も終わりに近づき、深夜の中庭にはすずしい風が吹いていた。吾郎はフェニックスの木の下に座り、ゴローを待った。

しかし……1時を過ぎても、2時になっても、ゴローはいっこうに現れない。

吾郎はもう一度、冷静に考えてみた。腕時計についたカレンダーを何度確認してみても、きょうは八月二十三日の月曜日である。そして六年前のきょう、ゴローはすでにここにいなかったのだ。

――そういえばきのう、ゴローは歌っていたよな、「グッドバイ、マイ・フレンド」って。吾郎はだんだん、あきらめの境地になっていった。ゴローはもう二度と、自分の前に姿を見せないのかもしれない、と。

いつまでもゴローと会っていられないことは、吾郎もわかっていたつもりだ。でも、せめてもう一度だけ会いたかった。今宵、吾郎はゴローと二人で喜びを分かち合いたかったのだ。

腕時計を見ると、すでに3時を回っていた。

吾郎はゆっくり、立ち上がった。そして、目の前にそびえ立つフェニックスの木をながめながら、胸の奥にしっかりと刻みこんだ。

――ゴローと過ごした十三日間を。

「さようなら」

ゴローに別れを告げると、吾郎はフェニックスの木に背を向け、歩きはじめた。

そのとき――吾郎はあたたかい風を、背中に感じた。

「ゴロー」

吾郎はふり返った。

けれども——そこには、フェニックスの木が立っているだけだった。

「ありがとう、ゴロー」

やがて一番ドリが鳴き、分院にまた新しい朝が訪れた。

*

八月最後の日曜日、吾郎は三週間ぶりに洋子とデートをした。

いつものホテルのロビーで音楽を聴きながら待っていた吾郎は、洋子の姿を見つけると、勢いよく手を上げた。

「やあ、元気？」

イヤホンをはずしながら、吾郎は言った。

「ええ、あなたも元気そうね……。何を聴いていたの？」

きょうは出勤日ではなかったのだろう。洋子は白のストライプが入ったレモンイエローのワンピースを着ていた。

「ビーチ・ボーイズの『グッド・ヴァイブレーション』って曲」

「ふーん。それってたしか、60年代の曲よね？」

不思議そうな顔をして、洋子がきいた。

「よく知ってるね」

「私たちの会社、音楽雑誌もやっているでしょう？　先輩のおじさんたちが大好きなのよ、ビートルズやビーチ・ボーイズって……。でも、あなたにそんな趣味、あったっけ？」

洋子の質問に、吾郎はにやっと笑った。

「まあ、ちょっとね。それより、きょうは何が食べたい？」

「そうね、きょうの私のおなかは、和食用って感じかな」

「いいね」

そこで二人は、中央のエスカレーターへ向かって歩きはじめた。

「どう？　創刊号は出せそう？」

日本料理店で昼のミニ会席コースを注文すると、吾郎は洋子にたずねた。

「いろいろあって大変だけど、まあ順調に進んでるかな……。それにしても、めずらしいわね。あなたからそんなことを、きいてくるなんて」

「そう？」

「私の仕事になんて、ぜんぜん興味なさそうだったわよ」

「忙しすぎて余裕がなかったんだ。これからは、いろんな話を聞かせてくれよ。取材で会った人の話とか、出版業界のウラ話とか」

「なんか、調子狂っちゃうわね。あなたにそんなこと言われると」

「まあ、いいじゃないか。では、過ぎゆく夏に乾杯」

「今年も暑かったわね。はい、乾杯」

二人は笑顔で、白ワインのグラスを上げた。

「で、夏休みはどうだった？」

洋子がきいた。

「それがさあ、アネキんちの家族旅行につきあわされてね」

「あらっ、よかったじゃない。それを聞いて、ドタキャンした罪の意識がちょっとはうすれたわ」

「ふたごのめいっ子のお相手で、もう大変だったよ」

「ふたごちゃんか、かわいいでしょうね」

洋子は目を細めて言った。

「ぼくはおじさんだからね、かわいくないことないけど……。とにかくアネキのしつけがなってないから、二人とも野生児みたいにパワフルで、行儀が悪いんだ」

「お姉さんにだって、ちゃんと考えがあるのよ。いいじゃない、伸び伸びと育って。へんに大人びた子になるより、ずっといいわ」

「程度問題だよ。あの二人――ルミとレミが遊んだり、食べ散らかしている現場を見たら、きみだってあきれるさ」

吾郎は笑いながら言った。

「そうかな。じゃあ今度、ふたごちゃんに会わせてよ」

「ディズニーランドにでも連れていく？　きっと後悔すると思うけど……。そんなことより、来年の夏休みこそ二人で旅行したいね。いまから予約しておくよ」

「来年の夏休み？」

洋子は首をかしげた。

「先の話すぎる？」

「そうじゃなくって……あなたは来年から、アメリカの大学院に留学するんでしょう？　来年の夏は、日本にいないはずよ」

「ああ、その話ね。もうやめたんだ」

吾郎はあっさり言った。

「やめた？」

洋子はびっくりして、吾郎の顔を見た。

「そんなに驚くことはない。ちょっと考えが変わっただけだよ」

「どんなふうに？」

「もう少し、あの病院で働きたくなったんだ」

「分院で？」

「そう」

吾郎はすずしい顔で答えた。

「たった三週間前、あれほど分院のことをけなしていたっていうのに、いったいどういう風の吹き回しかしら」

「ちょっとした心境の変化だよ」

吾郎のリアクションに、洋子はさっぱりわからないという顔をしてつぶやいた。

「やっぱり……おかしい」

「ん、どうかした？」

なるべく軽い調子で、吾郎は言った。

「きょうのあなたは、いつもとちがう」

「そうかな。ほら、いつもと同じじゃない」

吾郎はシイタケの天ぷらをひょいとつまみ上げると、洋子の竹かごに移した。

「ねえ」

洋子がまっすぐ吾郎のほうへ、顔を向けた。

「なんだい？」

平静をよそおい、吾郎はきいた。

「何があったのか、教えて」

洋子は吾郎の目を、じっと見ている。

「べつに……」

なおもしらばくれようとする吾郎を、洋子はさらに問いつめた。

「ねえ、正直に話してよ。この三週間のあいだに、いったいどんなことがあなたに起こったのか」

「……じつは」

ゴローの話が、のどまで出かかった。ほんとうは吾郎だって、自分に起こった信じられない出来事を、洋子に話したくてしようがなかったのである。

しかし、吾郎は思いとどまった。

――だれにも話さないと、ゴローと男の約束を交わしたわけじゃない。だけどやっぱり、言っちゃいけない。彼に会ったことは、さくらさん以外のだれにも話しちゃいけないんだ。

ゴローと過ごしたあの日々は、胸のポケットにそっとしまっておこう……。そう、それでいいのサ。

「どうしたの、気分でも悪い？」

突然だまりこくってしまった吾郎の顔を、洋子がのぞきこんだ。

「いや……大丈夫」

吾郎はわれに返り、洋子の質問に答えはじめた。

「なにか特別なことがあったわけじゃない。ただ、ぼくは夏休み中に、いろんなことを考えなおしてみたんだ」

「どんなことを？」

「そうだな……たとえば、ぼくはどうして医者になったんだろうって」

「ふーん」

「それから、ぼくがほんとうにやりたいのは、どんなことなのかって」

「へえー、あなたがそんなことを……」

「おかしい？」

「いいえ、ぜんぜん。で、その答えは？」

「まだ、考え中」

吾郎は笑った。

「でも、一つだけ気づいたことがある」

「一つだけ？」

「ぼくはいつのまにか、大切なものをどこかに置き忘れてきたのかもしれないって。がむしゃらに突っ走っているうちにね」

「……そう」

胸の内で吾郎の言葉を確かめるように、洋子はうなずいた。

「まあ、そんなとこだけど、まだ納得しない？」

「んーん、もう十分よ」

「じゃあ、これでおしまい」

吾郎が話をうち切ると、洋子は明るい声で言った。

「ねえ。もう一杯、ワインをたのまない？」

「自分から飲みたいなんて、きみのほうこそめずらしいじゃないか」

新しいワインのグラスが運ばれてくると、洋子はうれしそうに言った。

「もう一度、乾杯しようよ」

「そうだな……。では、新しい雑誌の成功を祈って、乾杯！」

「じゃあ私は……」

洋子は吾郎の顔を見て、にこにこ笑っている。

「なんだよ。もったいぶらないで、早く言えよ」

ワイングラスをかかげたまま、吾郎は催促した。

「やさしくなったきみの瞳に、乾杯！」

大きな声で、洋子は言った。

「よせよ。だれかに聞かれたら、恥ずかしいじゃないか」

吾郎は真っ赤になり、こそこそとあたりのテーブルを見回した。

エピローグ

　ゴローと過ごした夏が終わりを告げると、吾郎はふたたび分院・内科病棟の多忙な日常へ戻っていった。

　けれどもゴローと出会ってから、吾郎の研修生活にちょっとした変化が起こった。明らかに彼の中で、何かが変わったのである。

　吾郎はもう、ぶつぶつ言いながら仕事をしない。採血一つするにも患者の顔色をうかがう気弱な哲也を、情けないなんて思わないし、あいかわらずドタバタ騒々しいのり子の言動も、感情的すぎるとは思わない。そして、教授回診前の会議では勝ち負けにこだわらず、しぜんにプレゼンテーションをするようになった。

　でも、何より変わったのは、患者と過ごす時間が増えたことだろう。

　吾郎は、ベッドサイドですすんで患者と会話をし、ときにはデイルームで患者や家族たちと雑談を楽しむようになった。まだまだ皆川さんには、かなわないけれど。

九月になると、吾郎は付近の住民が立ち上げた「分院を存続させる会」の会員となった。そして、休日の午後には自らすすんで街頭へ出て、署名集めに奔走した。

なんの根拠もないけれど、吾郎はいつの日かきっとまた、ゴローに会えるような気がしていたのだ。

――ゴローのため、そしてフェニックスの木のためにも、なんとかこの病院を残すよう、活動していこう。

吾郎はそう、心に誓ったのである。

そして、住民たちと活動を共にするうちに、吾郎自身もいつのまにかこの病院に愛着を感じるようになっていた。

あれほど分院のことをけなしていたのに、われながらおかしな話だよな、と吾郎は思った。

その後もときどき午前1時になると、吾郎は中庭まで足を運び、しばらくのあいだフェニックスの木の下で過ごした。

けれども……ゴローの姿を見ることは、二度となかった。

九月も終わりに近い、よく晴れた日曜日のことだった。

この日、患者たちはみな落ちついており、昼までに診療を終えた吾郎は、デイルームの窓から外を見やった。

雲一つない空をながめているうちに、吾郎は突如、思い立った。これからゴローの実家へ行ってみようと。

家まで出かけたところで、ゴローに会えないことはわかっていた。でも、切ないくらい青く澄んだ空を見ていたら、吾郎は居ても立ってもいられなくなったのだ。

＊

ゴローの実家の周辺では、すでにぶどうの収穫も終わっており、あたりにはコスモスの花が咲き乱れていた。

少し手前でタクシーを止めてもらうと、吾郎は午後の太陽を背中に受けながら、ゆるやかな坂道を上っていった。

途中、吾郎は路肩に立ち止まり、しばしのあいだ目の前に広がる風景を堪能した。

吾郎が立っている丘の中腹からは、甲府の街並みが一望のもとに見わたせ、青空をバックに連なる山脈の中から、頭一つ抜きんでた富士山の雄大な姿が見えた。

「あいつ、けっこういい環境で育ったんだな」

そうつぶやくと、吾郎はドクターズバッグを片手に、またてくてく歩きはじめた。

十分ほどで、菊地医院の古びた建物が見えてきた。

ゴローの家の前で、吾郎はしばらく迷っていた。あたりをぶらぶらしてこのまま帰ろうか、それともゴローの母にあいさつをしていこうか、と。

低い石垣の向こう側で、だれかが庭の手入れをしている姿が、ふと目に入った。吾郎は思いきって、門をくぐった。


ゴローの母はすぐに気づき、ほほ笑みながらこちらへ歩いてきた。

「吾郎さんでしたね、おひさしぶり」

「こんにちは。突然おじゃまして、すみません」

「わざわざこんな所までおこしいただいて、ありがとうございます。ちょうど庭の手入れをしていたので、よかったら見ていってくださいな」

彼女が案内してくれた花壇には、ラベンダー色の花がいくつも咲いていた。

「きれいですね。なんという花ですか?」

「葉見ず花見ず、よ」

「ハミズハナミズ？」

「この植物はね、四月に大きな葉っぱを出すけれど、そのときには花はないのよ。そして、秋にきれいな花を咲かすころには、もう葉はないの」

「なるほど。それで『葉見ず花見ず』なのか」

「七年前の私の誕生日に、ゴローがこの花の球根を送ってくれたのですよ。今年もまた、見事な花を咲かせてくれました」

「そうだったんですか……」

一枚も葉のない、美しい八重咲きの花をながめているうちに、吾郎はちょっぴり切ない気持ちになった。

「ゴローは父親に似て意固地でしたけれど、心根のやさしい子でした」

「そうでしょうとも。でも……ゴローのお父さんは、ドクターだったんですね。先日おじゃまするまで、まったく知りませんでした」

「ええ……。『医者はエリートであってはいけない。庶民の味方なのだから』というのが、主人の口ぐせでした。おかげであの子は勉強そっちのけで、庶民的な感覚だけはしっかり身につけたようですわ」

と言って、ゴローの母は笑った。

そのとき、フェニックスの木の下で自分に向かって忠告するゴローの姿が、吾郎の脳裏にあざやかによみがえった。

――忘れんなよ。あんたは医者である前に、一人の人間だ。

ゴローの言葉を、吾郎はいまになって、しみじみとかみしめるのだった。


吾郎のわきでかがみこみ、熱心に花壇の手入れをしていたゴローの母が、思い出したように話しかけてきた。

「あらっ。ついうっかりして、お礼がおそくなってしまいましたね。先日はほんとうに、ありがとうございました。おかげさまでさくらさんは、あれからもう三度も遊びにきてくれたんですよ。孫のゴローも、すっかり私になついてくれて」

「そうですか。よかったです」

吾郎は満足そうに、うなずいた。

「さくらさんとは最近、お会いした?」

「いいえ。手紙はもらいましたけど、なにせ忙しかったもので、姉とはあれから会っていません」

すると彼女は、おかしそうに笑った。

「あなたは分院で働いていらっしゃる、青山吾郎さんでしょう？」

「えっ、知っていたんですか？」

「ええ。あのあと、さくらさんからうかがいました」

「そうですか……」

「あなたがゴローの幽霊と会った、というお話もね」

「ヘタな芝居をして、申しわけありませんでした」

　吾郎は照れ笑いをして言った。

「とんでもない、すべてあなたのおかげですよ。ありがとう、吾郎さん。私たちのために、必死にがんばってくださって」

「だけど、とても信じられないでしょう？　ぼくがゴローさんの幽霊と、毎晩会っていたなんて」

　ゴローの母は、吾郎の目をまっすぐに見て言った。

「私は、信じます」

「ほんとうに？」

「信じますとも。きっとゴローはあなたのような人を、ずっと探していたのでしょう……。あの子の話を聞いてくれ、そして願いをかなえてくれて、ほんとうにありがとう」

「こちらこそ、ありがとうございます。ゴローさんのおかげで、ぼくはすばらしい夏を過ごすことができました」

「で、どうでした？　ゴローは元気にしていました？」

「ええ、とても元気でしたよ」

「あの子のこと、どう思った？」

「うらやましいくらい、男前ですね」

吾郎の言葉に、彼女はにっこり笑った。

「さあ、お茶にしましょう。よかったら、あの子の話をもっと聞かせてちょうだいな」

「よろこんで」

母のうしろについて、吾郎はゴローの生家へ入っていった。あたたかい風を、背中に感じながら。

この作品は二〇〇六年七月求龍堂より刊行されたものです。

吾郎《ごろう》とゴロー

研修医《けんしゅうい》純情物語《じゅんじょうものがたり》

川渕圭一《かわふちけいいち》

平成23年8月5日　初版発行
平成24年4月10日　2版発行

発行人——石原正康
編集人——永島賞二
発行所——株式会社幻冬舎
〒151-0051東京都渋谷区千駄ヶ谷4-9-7
電話　03(5411)6222(営業)
　　　03(5411)6211(編集)
　　　振替00120-8-767643
印刷・製本—中央精版印刷株式会社
装丁者——高橋雅之

幻冬舎文庫

ISBN978-4-344-41714-4　C0193　か-35-3